RETRATOS DE JAZZ

colección andanzas

Obras de Haruki Murakami en Tusquets Editores

Escucha la canción del viento y Pinball 1973
La caza del carnero salvaje
El fin del mundo y un despiadado país de las maravillas
Tokio blues. Norwegian Wood
Baila, baila, baila
Al sur de la frontera, al oeste del Sol
El elefante desaparece
Crónica del pájaro que da cuerda al mundo
Underground
Sputnik, mi amor
Kafka en la orilla
Después del terremoto
After Dark
De qué hablo cuando hablo de correr
Sauce ciego, mujer dormida
1Q84 (Libros 1 y 2)
1Q84 (Libro 3)
Los años de peregrinación del chico sin color
Hombres sin mujeres
De qué hablo cuando hablo de escribir
La chica del cumpleaños
La muerte del comendador (Libro 1)
La muerte del comendador (Libro 2)
Tony Takitani
Música, sólo música
Primera persona del singular
La ciudad y sus muros inciertos
Retratos de jazz

HARUKI MURAKAMI
RETRATOS DE JAZZ

Traducido del japonés por
Juan Francisco González Sánchez

TUSQUETS
EDITORES

Obra editada en colaboración con Editorial Planeta – España

Título original: ポートレイト・イン・ジャズ *(Potoreito in Jazu)*

Diseño de la colección: Guillemot-Navares
Fotocomposición: Realización Tusquets Editores

Bajo el sello editorial TUSQUETS M.R.
Avenida Presidente Masaryk núm. 111,
Piso 2, Polanco V Sección, Miguel Hidalgo
C.P. 11560, Ciudad de México
www.planetadelibros.com.mx

Primera edición impresa en España: marzo de 2025
ISBN: 978-84-1107-595-4

Primera edición impresa en México: abril de 2025
Segunda reimpresión en México: septiembre de 2025
ISBN: 978-607-39-2675-1

Impreso en los talleres de Impresora y Editora Infagon, S.A. de C.V.
Escobillera número 3, colonia Paseos de Churubusco, Ciudad de México
Impreso en México – *Printed in Mexico*

Índice

Prefacio

De niño me encantaba el cine. Recuerdo la impresión que me causó la película *Nace una canción (A Song is Born),* con Danny Kaye en el papel de un obsesivo profesor de música clásica que no ve más allá de sus narices y cuyo descubrimiento del jazz viene a sacarlo de su aislamiento vital, momento a partir del cual escucha jazz día y noche.

Aquella película fue toda una revelación, una entrada por la puerta grande a un género musical que hasta entonces yo desconocía por completo. En la película participaban músicos de la talla de Benny Goodman, Tommy Dorsey, Louis Armstrong o Lionel Hampton, admirados tanto por el público versado como por advenedizos como yo.

Así pues, el jazz llegó a mi vida de la mano del cine, y a partir de aquellos briosos ritmos de swing que recorrían los fotogramas de *Nace una canción* creció en mí una pasión que no ha dejado de acompañarme desde entonces y que ha deambulado por el bebop, se ha remontado al jazz clásico y ha transitado por la experimentación contemporánea.

En mis años de estudiante universitario, Thelonious Monk y Miles Davis ya eran músicos consagrados, mientras que «Satchmo», es decir, Louis Armstrong, y Duke Ellington comenzaban a gozar de una enorme popularidad, y George Lewis y Kid Ory aún se mantenían en primera línea de la escena jazzística.

A pesar de mi amor por la música, hice del dibujo mi profesión, y a veces —para liberarme del corsé de los encargos de mis clientes y volar a mi aire— realizo exposiciones personales que me permiten tratar, desde mi particular punto de vista, los temas que me apasionan; y, como no podía ser de otro modo, la fuente de inspiración la encuentro, a menudo, en el cine o en la música.

«Jazz» fue el conciso título de una exposición que hice en 1992, en la que me propuse retratar a veinte músicos relevantes del mundo del jazz. La exposición sirvió de inspiración a Haruki Murakami para escribir sendos textos acerca de cada uno de los músicos. Años más tarde, en 1997, realicé una exposición, que titulé «Sing», con nuevos retratos de otros músicos de jazz. También en esta ocasión, Haruki Murakami escribió sobre cada uno de ellos y así nació el presente libro.

Debo admitir que la pasión de Murakami por el jazz es más profunda que la mía, y he de reconocer que si mi obra puede disfrutarse ahora reunida —después de haber acabado repartida por todo el mundo en virtud de diversas circunstancias—, ha sido gracias a la magnífica aportación de sus textos, que han hecho posible este volumen. Así pues, le estoy muy agradecido por ello.

MAKOTO WADA

El proyecto que dio forma a este libro partió en primera instancia de Wada. Entre una enorme variedad de músicos de jazz, él eligió a los que iba a retratar y yo me adherí con posterioridad para ilustrar con palabras cada una de las figuras seleccionadas.

No hace falta decir que ha sido un auténtico placer abordar el retrato de cada músico, y lo he hecho de la siguiente manera: busco entre mi colección de discos, exclusivamente compuesta por viejos vinilos, alguno que hace tiempo que no escucho, uno de Clifford Brown, por ejemplo; pongo el disco sobre el plato del tocadiscos y me acomodo en mi sillón para escucharlo, dejándome mecer por la música.

Finalizada la escucha, acudo a mi mesa de trabajo y garabateo unas primeras impresiones, paladeando todavía la música que acaba de fluir a través de unas viejas y enormes bocinas JBL, modelo Back Loaded Horn, que me han acompañado a lo largo de los últimos veinticinco años. De hecho, el que no necesite trasladarme de la sala donde escucho música a ningún otro lugar para escribir ha supuesto una apreciable ventaja en la concepción y elaboración de este libro; pero lo que sobre todo no puedo imaginar, a estas alturas, es escuchar jazz teñido de un timbre diferente al que proporcionan las bocinas mencionadas: todo mi ser se ha adaptado y amoldado a sus reconfortantes vibraciones como un topo a su madriguera, aun sabiendo que existen en el mundo otros sistemas de amplificación de sonido de mayor calidad.

Así pues, aquello que el jazz me transmite y me hace sentir es inseparable de las particularidades acústicas de mi equipo de música, y creo que lo seguirá siendo. Se trata, por tanto, de una experiencia llena de subjetividad, sometida a la incierta corriente de los muchos recuerdos adquiridos a lo largo de los años.

Le pido al lector que sea comprensivo con mi punto de vista, en caso de no compartirlo, y que no le dé mayor importancia de la que merece, que es escasa, porque mi principal propósito como melómano es divertirme escuchando música y pasarlo bien escribiendo unas líneas acerca de eso que tanto me gusta. Nada, sin embargo, me haría tan feliz como hacerle sentir también al lector parte del placer que yo experimento cuando el tocadiscos se pone en marcha, la aguja de este cae sobre uno de mis viejos elepés de jazz y, cómodamente arrellanado en mi sillón, escucho la música que se disemina en el aire, al calor de mi madriguera.

HARUKI MURAKAMI

Chet Baker

La música de Chet Baker tiene el inconfundible aroma de la juventud. Pocos músicos que han dejado huella en la escena jazzística representan como Baker el intenso soplo de la primavera de la vida.

Su evocativo sonido y la calidez de su fraseo recrean nuestro paisaje interior y nos invitan a un doloroso recorrido por recuerdos que hemos dejado atrás hace tiempo. Nada como su sonido puro y sin artificios para exorcizar el dolor alojado en nosotros; y nadie como él, con su don, para hacerlo posible.

Por desgracia, perdió ese don particular al cabo de poco tiempo. Como el bello fulgor de un atardecer de verano que va hundiéndose en la noche hasta desaparecer, Chet Baker fue ahogándose en la droga.

Se parecía a James Dean. No solo en el rostro, también en el carisma... y en su fatalidad. Los dos devoraron el tiempo que les tocó vivir y repartieron con generosidad, entre todo el mundo, aquello de lo que se habían nutrido, hasta consumirse. Baker sobrevivió a Dean y a su época, y puede que eso fuera su condena, aunque no esté bien decirlo.

Me alegré de que volviera a la actividad musical en los años setenta y de que, una vez más, se le reconociera su inigualable talento, pero lo que me gustaría conservar en la memoria es el Chet Baker de aquella otra época anterior, a mediados de los años cincuenta, cuando deslumbraba y centelleaba en la Costa Oeste con un estilo vigoroso y rebosante de confianza.

Si bien ya es interesante escuchar sus primeras actuaciones como miembro del Gerry Mulligan Quartet, aún lo es más con su propio cuarteto. Valga como ejemplo el elepé de diez pulgadas *Chet Baker Quartet*, grabado para Pacific Records (el primero

M. Wada 92

de sus discos como solista), con un sonido y unos fraseos limpios, nítidos, no siempre perfectos tal vez, pero con capacidad para alcanzar en lo más profundo a quien lo escucha. Lo acompaña Russ Freeman al piano, desarrollando ese toque tan característico suyo, resuelto, crujiente, pulcro, con el que proporciona el mejor fondo posible a las evoluciones de Baker a la trompeta.

Bajo la apariencia de su estilo, de impecable serenidad y generosidad, se oculta una profunda soledad. El sonido sin vibrato de su trompeta va diluyéndose suavemente al entrar en contacto con el aire, como si las paredes circundantes fueran absorbiéndolo antes de que el tema musical llegue a desarrollarse del todo.

Desde el punto de vista técnico, no toca de manera refinada ni demasiado estilizada, sino de forma franca y abierta. «Va a acabar desmayándose», podemos llegar a temer mientras lo escuchamos. Crea un sonido épico y lleno de patetismo. Conmueve, sin duda, nuestros corazones. Y no es una cuestión de profundidad. No hay que bucear demasiado. Simplemente reconocemos en nosotros algo que hay en él, algo que quizás también hayamos vivido. Algo que duele.

Chet Baker (1929-1988)

Nace en el estado de Oklahoma. En 1952 se une al cuarteto sin piano de Gerry Mulligan, y al año siguiente inicia su carrera en solitario y forma su banda. Enseguida se convierte en una estrella del jazz de la Costa Oeste, con su sonido lírico y sereno y su voz matizada. Su actividad musical se resintió de forma considerable durante los años sesenta debido a su drogadicción. Afortunadamente, en 1973 volvió a impulsar su carrera. En 1988, poco después de participar en el documental *Let's Get Lost,* muere en Holanda.

Chet Baker Quartet (Pacific Jazz PJLP-3)*

* Los discos reproducidos son elepés propiedad de Haruki Murakami. *(N. del E.)*

Benny Goodman

Desde la perspectiva actual, Benny Goodman, rey del swing, arrastra cierta imagen de hombre conservador y astuto para los negocios, que no hace justicia a lo que en realidad fue: un pionero en la integración de blancos y negros en una misma banda musical, en una época de segregación racial en que aquello era visto básicamente como una temeridad. Llamó para que formaran parte de su banda a músicos como el vibrafonista Lionel Hampton, el pianista Teddy Wilson y el guitarrista Charlie Christian, desafiando así las convenciones de su tiempo. Si el músico tenía algo interesante que ofrecer, un buen sonido y el swing adecuado, ¿qué más daba su origen? ¡Habría contratado incluso a una sirena si se hubiera dado el caso!

Al reclutar a músicos excepcionales, sin prestar atención al color de su piel, podía dar nuevos aires al sonido de su banda y mantenerla siempre en la primera línea. Esa era su prioridad. Durante su última etapa profesional, su capacidad de liderazgo se resintió cuando llamó a auténticos modernistas como Zoot Sims y Phil Woods para unirse a la banda. Se armó entonces cierto revuelo, como recuerda el contrabajista Bill Crow en su libro *Jazz Anecdotes*. Sin embargo, incluso las grabaciones que nos dejó aquella ecléctica y extravagante formación tienen su encanto, en mi opinión, y, en ese sentido, no habría por qué pensar que no respondieran a criterios marcados por el propio Goodman.

Dicho esto, cuando recordamos a Benny Goodman no nos vienen a la mente esas grabaciones, sino su trabajo de la segunda mitad de los años treinta y los años cuarenta del siglo XX. Sus discos de esa época dorada son una auténtica maravilla, con aquellos arreglos del jovencísimo y genial Eddie Sauter

M. Wada '92

(que entonces debía de contar con apenas veinticinco años) que solo Goodman supo interpretar de un modo tan único y novedoso, con un encanto fresco y juvenil todavía lejos de la línea que seguiría más tarde y por la que llegaría a ser conocido como el rey del swing. En aquellas sesiones, la dulzura rítmica de Goodman en la interpretación se funde a las mil maravillas con el enfoque algo severo e intelectual de Sauter en los arreglos, ofreciendo un resultado de altísima calidad y de lo más entretenido para el oyente.

Me pregunto si al propio Goodman le estimularon los voluntariosos arreglos de Sauter. Por ejemplo, su solo de clarinete en «Moonlight on the Ganges» tiene una densidad y un colorido muy modernos, difíciles de tachar de mero entretenimiento dulzón. Goodman aún era joven y quería experimentar. Por supuesto, no puede desestimarse la calidad de su célebre directo en el Carnegie Hall, pero incluso este tiene momentos de cierto tedio, lo cual me lleva a recomendar que se escuche, ante todo, *Benny Goodman Presents Eddie Sauter Arrangements*.

Lamentablemente, *Benny Goodman Presents Eddie Sauter Arrangements* no fue muy bien recibido por el público (quizás por buenos motivos), pero es un lujo escuchar a Goodman interpretando esos arreglos del genial Sauter, que años más tarde se uniría a Stan Getz para dar forma a esa obra maestra de extremada belleza llamada «Focus».

Benny Goodman (1909-1986)

Nace en Chicago. De origen judío, a los diez años se familiariza con el clarinete y desde muy joven empieza a tocar con otros músicos, gracias a lo cual mejora su técnica. En la década de 1930 forma su propia *big band* y se convierte en una de las figuras centrales de la época dorada del swing. Y, de hecho, se le conoce como el rey del swing. En 1938 da con notable éxito su primer concierto de jazz en una gran sala de música clásica: el Carnegie Hall. Además de su calidad como músico, fue pionero en la formación de orquestas interraciales.

Benny Goodman presents Eddie Sauter Arrangements (Columbia CL-523)

Charlie Parker

En el elepé *Bird and Diz* convergen varios músicos cuya colaboración parecería *a priori* improbable: el habitual saber hacer de Dizzy Gillespie y el contrabajista Curley Russell, amalgamado con la curiosa participación del baterista Buddy Rich, invitado por el productor Norman Granz, y de Thelonious Monk —sin empleo en aquel momento—, invitado por Charlie «Bird» Parker. El resultado es un grupo totalmente heterogéneo de cinco músicos que debe arreglárselas como pueda.

Rich era el baterista número uno por aquel entonces, el más popular, con su toque enérgico y una técnica inaudita, marca de la casa —además de un caché desorbitante, por cierto—. Por su parte, Thelonious Monk, cuyo estilo vanguardista todavía no se entendía y con verdaderas dificultades para encontrar trabajo y ser aceptado por el público, persistía en su novedosa visión musical. No hace falta decir que Rich y Monk eran, en cuanto a estilo, como el agua y el aceite. En la grabación del disco podemos intuir que cada uno se mantenía fiel a sus propias directrices mientras se preguntaba qué rayos hacía el otro.

Me gustaría saber de qué hablaban al verse en el estudio de grabación, y me imagino que su personalidad y su manera de ver las cosas no encajaban con las del otro. De hecho, hasta donde sé, no volvieron a encontrarse después de aquella ocasión.

Cuando escuché este disco por vez primera, lamenté que a la batería no estuviera Max Roach o Kenny Clarke. En mi opinión, mientras entra el piano de Monk como una cuña afilada (no se prodiga en solos, pero su acompañamiento es sencillamente genial), la batería de Rich parece titubear, haciendo aspavientos como si anduviera perdido, y aguando la fiesta.

M. Wada 92

Con el paso del tiempo, he aprendido a apreciar el enfoque de Rich. Ahora lo escucho y me gusta. Sigo opinando que su forma de tocar resulta excesiva, pero ahora pienso que es precisamente esa particular excentricidad suya lo que le da la gracia a la sección rítmica del disco. No sé si es que me estoy haciendo viejo..., pero he llegado a la conclusión de que la singular manera de tocar, casi esotérica, de Monk destaca gracias a la confusa batería de Rich. Pensándolo bien, puede que Roach o Clarke hubieran sido demasiado previsibles y, por tanto, menos interesantes que Rich en este disco; y uno habría acabado echando de menos algo que hiciera mayor justicia a la interpretación de Charlie Parker.

Sin duda, la percusión de Rich resulta demasiado ruidosa, pero si afinas el oído, te das cuenta de que no entorpece en absoluto el quehacer de los demás instrumentistas, porque Rich amortigua el sonido cuando es necesario. Por algo era el número uno, y supongo que Norman Granz puede apuntarse un tanto por incluirlo en la grabación del disco. Basta con escuchar los platillos en la introducción de «Bloomdido», primer corte del elepé, y dejarse llevar... con una sonrisa.

Pero mi intención había sido escribir aquí sobre Charlie Parker y lo que he hecho es escribir sobre Buddy Rich...

Charlie Parker (1920-1955)

Nace en el estado de Kansas. A partir de 1942, realiza sesiones de improvisación con Dizzy Gillespie que dan lugar a un nuevo estilo de jazz: el bebop. De inigualable técnica al servicio de una exuberante y poética creatividad, cimenta las bases de la improvisación en el jazz. Se le conocía por el sobrenombre de «Bird». Alcoholizado y drogadicto, tuvo una vida breve, rodeada de leyenda.

Bird and Diz (Verse MGV-8006)

Fats Waller

De entre los muchos y magníficos temas compuestos por Fats Waller me quedo con «Jitterbug Waltz». A pesar de que es un tema considerablemente antiguo (data de 1942), cuanto más lo escucho, más complicado me parece calificarlo como antiguo o nuevo, simple o complejo, serio o informal: sus acordes inusuales y su traviesa melodía juegan a despistarnos, se burlan con descaro de nosotros. Es, sin embargo, un tema pegadizo. Estás en la cocina y, de pronto, te das cuenta de que estás tarareando la susodicha melodía: lali, lali, lali, lali...

Pero se trata de una cuestión de gusto personal y no puede, por ello, generalizarse. Sin embargo, la melodía, tan suave y relajante, siempre me ha animado a contemplarme a mí mismo y me ha sumido en una honda nostalgia; nostalgia de algún lugar visitado hace mucho tiempo, nostalgia de mi infancia...

No sé si mucha gente estaría de acuerdo conmigo, pero el excelente inicio al órgano de Ray Manzarek en «Light My Fire», de The Doors, siempre me ha recordado a «Jitterbug Waltz». Por supuesto que suenan de manera completamente diferente, pero si uno presta atención, encontrará entre ambos un claro punto en común, extraño y apacible al mismo tiempo, como el bufón que esconde su mueca burlona tras una máscara de seriedad o el serio que oculta su rostro severo bajo la máscara de un bufón. Llevando aún más lejos la misma idea, me atrevo a asegurar que encontramos algo similar en el universo literario de Edgar Allan Poe y en el musical de Kurt Weill. Pero este es un debate para otra ocasión.

Tiendo a escuchar «Jitterbug Waltz» en la interpretación de Waller, pero hay versiones de otros músicos que también vale la pena escuchar con atención, como por ejemplo la del siempre

m. Wada 92

elegante Michel Legrand, que nos ofrece una versión exquisita de «Jitterbug Waltz», llena de gracia y buen gusto, en su disco *Legrand Jazz;* o mejor aún, la del saxo alto Herb Geller, incluida en su sobria obra maestra *Fire in the West,* publicada bajo el sello de Jubilee Records. El disco cuenta con Kenny Dorham y Ray Brown, llegados del oeste estadounidense e integrados en la escena jazzística de la Costa Este. Dorham, en particular, tiene un gran peso en el disco. Aunque a primera vista pueda pasar inadvertida, su intervención es vital para la atmósfera que se recrea en el álbum, proporciona el aire singular, dinámico y divertido de la música negra a un proyecto comandado por un músico blanco. Dorham parece dotado para ello, como el buen jugador de béisbol que enardece al público con el más simple pase, con la más simple captura de la pelota.

En definitiva, la versión de «Jitterbug Waltz» que encontramos en *Fire in the West* nos transporta a un ambiente jazzístico relajado y amable, sin ambages, lleno de pureza y capaz de hacerle sentir a uno el alma original del tema. Es un disco que he escuchado una y otra vez.

Fats Waller (1904-1943)

Nace en Nueva York. Comienza a tocar el piano a los seis años y a los quince gana un concurso para músicos aficionados. Más tarde, recibe clases de piano de James P. Johnson, conocido pianista de Harlem. En 1922 edita su primer álbum. Compositor excepcional, influye en el desarrollo del estilo piano stride y junto al letrista Andy Razaf escribe temas que se convierten en clásicos, como «Honeysuckle Rose» y «Keepin' Out of Mischief Now».

Herb Geller Fire in the West (Jubilee JGM-1044)

Art Blakey

Mi primer encuentro con el jazz moderno se produjo en un concierto de Art Blakey y los Jazz Messengers, en 1963. Fue en la ciudad de Kōbe, yo cursaba la secundaria y ni siquiera sabía qué tipo de música era el jazz. Pero por alguna extraña razón sentí curiosidad y me decidí a comprar una entrada para asistir al concierto. Por aquellos años resultaba bien extraño que un músico extranjero hiciera una gira por Japón, y como además decían que se trataba de un músico muy bueno, me animé a ir a verlo. Recuerdo bien que era un frío día de enero.

Freddie Hubbard, Wayne Shorter y Curtis Fuller, miembros del sexteto de jazz modal recién formado, salieron al escenario. Constituían una banda muy joven y extraordinaria, que representaba muy bien el carácter musical de la época, por mucho que yo, obviamente, todavía no supiera nada de aquello. En la sección rítmica estaban Cedar Walton y Reggie Workman, además del propio Blakey. En cuanto al vocalista Johnny Hartman, solo hizo una breve intervención.

Supongo que aquella noche no llegué a entender casi nada de la música que estaba escuchando. Desde luego, era una música de una complejidad extraordinaria para alguien como yo, que se limitaba a escuchar rock and roll en la radio o en discos que compraba, y a cuyos oídos llegaba de vez en cuando, como mucho, alguien como Nat King Cole; aún me encontraba, sin duda, a otro nivel musical. Había dos temas que ya conocía: «It's only a Paper Moon» y «Three Blind Mice», pero el modo en que fueron abordadas por los Jazz Messengers distaba mucho de sus respectivas versiones originales. No comprendía qué motivo había para romper y estirar y encoger la melodía de aquel modo tan caprichoso. ¿Qué necesidad había

de ello? Ciertamente, la idea de la improvisación me era ajena por completo.

En aquel concierto sentí, sin embargo, algo especial, algo que me impresionó y me conmovió. «No entiendo bien qué es esto que estoy presenciando, pero se trata de una forma artística llena de nuevas posibilidades.» Algo así sentí de manera instintiva. Desde todos los puntos de vista me encontraba ante una experiencia llena de riqueza musical y promesas, además de una profunda espiritualidad.

Creo que fue el tono lo que más me llamó la atención; aquel tono sugerente, provocativo, lleno de misterio, que surgía de aquellos seis enérgicos músicos. Era un tono incuestionablemente negro, que solo unos músicos negros eran capaces de recrear. Eso fue lo que pensé. Por supuesto, existían razones para ello. Una era que los seis músicos del escenario eran negros. Pero había algo más; algo más en el propio tono de la música, con aquellos aromas tan extraordinarios como los de un buen cacao. Lo cierto es que regresé a casa extasiado e impregnado de aquel aroma, de aquel color.

Después del concierto, compré un disco de Blakey, de una época suya anterior, y lo escuché fervorosamente. Era *Les Liaisons Dangereuses,* publicado por Fontana Records. Cuando lo escucho, me siento transportado a otra época y a otros ámbitos en los que flota ese aroma, por supuesto, a música negra.

ART BLAKEY (1919-1990)

Nace en Pittsburgh. En 1940 entra a formar parte de la orquesta de Billy Eckstine, y luego trabaja con músicos de la talla de Charlie Parker. En febrero de 1952 toca en el club de jazz Birdland con el quinteto de Horace Silver, y al año siguiente funda los Jazz Messengers con el propio Silver. Blakey se mantuvo activo con los Jazz Messengers hasta el final de sus días, con distintos integrantes. Dotado de gran carisma e inteligencia, Blakey impulsó la carrera de numerosos jóvenes músicos promesas del jazz.

Les Liaisons Dangereuses (Epic LA-16022)

Stan Getz

Envuelto siempre en problemas emocionales de diversa índole, Stan Getz nunca gozó de una vida apacible ni afortunada. Carcomido por la adicción a la heroína y al alcohol, apenas disfrutó de momentos de tranquilidad y de estabilidad a lo largo de su vida, debido a menudo al daño que su desmesurado ego infligía a las mujeres y a los amigos que lo rodeaban. Sin embargo, a pesar de todas las vicisitudes que envolvieron la vida personal de Getz, su música nunca perdió la pureza mágica y angelical que la caracterizaba. Cuando subía al escenario y tocaba, hacía surgir una nueva dimensión de su saxo tenor y, como el rey Midas, convertía en oro todo lo que tocaba.

Lo que caracterizaba su música eran, precisamente, unas melodías relucientes semejantes al oro. Todas sus improvisaciones traslucen un aura esplendorosa: como tocado por un don divino, domina el saxo tenor igual que si de sus propias cuerdas vocales se tratase, y canta a través de él con una voz beatífica. En la historia del jazz ha habido tantos saxofonistas como estrellas en el firmamento, pero ninguno ha sabido conmover —sin caer en el sentimentalismo— como Stan Getz.

A lo largo de mi vida ha habido unas cuantas novelas que han logrado abstraerme de la realidad mientras leía, y lo mismo puedo decir de unos cuantos discos de jazz. Pero si tuviera que calificar a un autor como el novelista por excelencia y a un músico como el músico de jazz por excelencia, estos serían Scott Fitzgerald y Stan Getz. Creo incluso que podemos hallar entre ambos numerosos puntos en común. También creo que su arte adolece de algunas carencias; lo reconozco. Yo he decidido aceptarlas. Quizás esas imperfecciones sean el precio que hay que pagar por la belleza eterna que han brindado al mundo.

M. Wada 97

Por eso amo profundamente y sin reservas sus imperfecciones tanto como su belleza.

Y desde ese profundo amor que le tengo a Getz destaco por encima de todo su disco doble en directo *At Storyville,* grabado en el club de jazz del mismo nombre. No hay palabras para describir lo magnífica que es toda la música de ambos vinilos. Son una eterna e inagotable fuente de energía, por decirlo de manera un tanto banal. Basta con escuchar el tema «Move». Uno se queda sin aliento ante la perfección de la sección rítmica compuesta por Al Haig, Jimmy Raney, Teddy Kotick y Tiny Kahn. El ritmo surge con animada sencillez y, al mismo tiempo, cálido como la lava, espeso como proveniente de un solo cuerpo, y por encima de este se alza la interpretación de Stan Getz, asombrosa, excepcional, como un Pegaso que emprende el vuelo y tras sacudir las nubes del cielo deja visible un firmamento de estrellas brillantes, deslumbrantes. Así, Getz tiene la virtud intemporal de tocarnos el corazón con fuerza, de despertar implacablemente al lobo hambriento que habita en nosotros y que, al despertar, se encuentra en medio de un paraje nevado, despidiendo vaho por la boca; un vaho blanquísimo, hermoso, casi sólido... Getz nos ofrece de esa manera la oportunidad de contemplar el profundo bosque de nuestra alma, la fatalidad de vivir en él sin haberlo elegido.

Stan Getz (1927-1991)

Nace en Filadelfia. En 1943 se inicia en la orquesta de Jack Teagarden, y pasa por otras renombradas formaciones antes de liderar su propia banda entre 1949 y 1952. Después, recorre el norte de Europa en solitario. Tras una etapa en la que se une a la orquesta de Stan Kenton y vuelve a Europa para tocar, obtiene un gran éxito a principios de la década de 1960 con un disco de *bossa nova*. A partir de 1964 vuelve a liderar su propia banda. De estilo impetuoso a la par que sofisticado, como intérprete del saxo tenor nos regaló unas geniales e incomparables improvisaciones llenas de poesía.

At Storyville Vol. I (Roost LP-2209)

Billie Holiday

Cuando escuché a Billie Holiday por primera vez, yo era todavía muy joven y recuerdo haber experimentado cierta emoción al hacerlo. Pero no me di cuenta de lo maravillosa que era como cantante hasta mucho tiempo después, lo cual significa que envejecer tiene sus aspectos positivos.

De joven escuchaba a menudo sus discos del periodo que abarca desde la década de 1930 hasta mediados de la de 1940. Fue una época de gran actividad para ella, en la que cantó mucho, con una voz joven y fresca. Columbia Records reeditó muchas de esas grabaciones después. Era increíblemente imaginativa y tenía una asombrosa capacidad para hacer volar las melodías. El mundo del swing bailaba con ella y hasta la Tierra misma se estremecía a su son. No exagero. Lo suyo no era arte, era magia. Además de ella, el único músico capaz de concitar a voluntad semejante magia fue, en mi opinión, Charlie Parker.

Los discos que escuché de joven formaban parte del final de su carrera, cuando grababa para la discográfica Verve y su voz ya se había roto y su estado físico se había deteriorado debido al abuso de las drogas. En esas grabaciones apenas había nada que me permitiera conectar con ella: las de los años cincuenta, en especial, me resultaban lamentables, incluso dolorosas. No obstante, después de haber cumplido los treinta y a medida que me aproximaba a los cuarenta, comencé a apreciarlas y a ponerlas en el tocadiscos cada vez con más frecuencia, y sin entender bien por qué, me sentía extrañamente conmovido por esa música.

¿Qué encontré en esa desbaratada cualidad vocal suya? Me lo he preguntado muchas veces. ¿Qué tienen esas interpretaciones que tanto me conmueven?

M. Wada 92

Es posible que se trate de una *expiación*. O al menos es lo que he llegado a creer últimamente. En efecto, esa voz ajada que tiene en los años cincuenta parece adjudicarse todos los errores que he cometido hasta el presente, parece asumir todo el daño que yo pueda haber infligido a tantas personas a través de mis convicciones, a través de mi escritura. «Olvídalo, ya no importa», parece decirme Billie. Y eso no tiene nada que ver con una terapia. Sea lo que sea, no admite curación. De hecho, no es eso lo que busco; pero sí, al menos, el perdón, ser perdonado.

En cualquier caso, se trata de mi experiencia personal con su música, y por tanto no debe buscársele ningún valor objetivo. Así pues, me decanto por recomendar el magnífico álbum recopilatorio *The Golden Years,* del sello Columbia, y si tuviera que destacar una canción de este disco, elegiría sin dudarlo un instante «When You're Smiling (The Whole World Smiles with You)», que incluye, entre otras virtudes, un fabuloso solo de saxo a cargo de Lester Young.

«Cuando sonríes, el mundo entero sonríe contigo.»

Quizás no lo creas, pero es verdad.

Billie Holiday (1915-1959)

Nace en Filadelfia. Fue víctima de una violación con tan solo diez años. Siendo una adolescente se inicia en la prostitución. En 1930 supera una prueba para trabajar como cantante profesional y es contratada en Nueva York. En 1936 empieza a grabar discos como vocalista solista, y en 1939 la canción «Strange Fruit» causó un gran impacto entre el público y la crítica. Su particular técnica vocal de improvisación, a la manera de cualquier intérprete de un instrumento, ejerció una enorme influencia en los cantantes posteriores a ella. El consumo de drogas debilitó su salud y acabó socavando su carrera.

The Golden Years (Columbia C3L21)

Cab Calloway

Cuando pienso en Cab Calloway, no puedo evitar recordar de inmediato el hilarante «Hi-De-Ho» de la película *The Blues Brothers* (1980), dirigida por John Landis. El filme en cuestión es un exuberante homenaje a la cultura musical afroamericana, en la que se adivina cierta timidez adolescente y soñadora por parte de su director, y quizás sea esto lo que más me gusta de la película. Me encantan, en particular, las escenas musicales en las que aparecen Ray Charles y Cab Calloway. Son sencillamente maravillosas. El torrente de energía que se desprende de ambos es apabullante y eleva la película a niveles inimaginables sin ellos.

George Gershwin se basó en Cab Calloway para crear el pintoresco personaje de Sportin' Life de su ópera *Porgy and Bess,* y fue el propio Cab quien interpretó el papel sobre el escenario. Para entonces, el excepcional talento de Cab Calloway y su particular estilo musical ya habían trascendido los límites de su época y habían alcanzado unos niveles legendarios, hasta el punto de que hoy día resulta complicado separar la realidad del mito.

En cualquier caso, a pocos aficionados al jazz les cabrá alguna duda de que desde la década de 1930 hasta principios de la de 1940 Cab Calloway desempeñó un papel fundamental en la historia del jazz. En esos años Cab dirigió *big bands* de excelente calidad, obtuvo el reconocimiento del público y grabó un buen número de discos, de entre los cuales el primero que me viene a la mente es un elepé recopilatorio que se editó exclusivamente en Japón, un disco de proporciones épicas que los fans conocen como *Chu Berry el gato.*

La recopilación consiste en temas grabados en directo del saxo tenor Leon «Chu» Berry, interpretados hacia 1940. En la

cara A del elepé solo hay grabaciones de la banda de Chu Berry, mientras que la cara B recoge temas tocados por la orquesta de Cab Calloway, con Chu Berry como solista. Por aquel entonces, además de Chu Berry, la orquesta de Calloway contaba entre sus filas con jóvenes músicos de gran talento, como Dizzie Gillespie, Tyree Glenn o Milt Hilton, todos ellos vitales e impetuosos, un derroche de energía sobre el escenario cada vez que les llegaba el momento de interpretar sus respectivos solos. Calloway sabía dejar respirar a los jóvenes, se retiraba a un segundo plano para que fueran ellos quienes brillaran; una generosa actitud gracias a la cual ahora podemos disfrutar de ese magnífico repertorio de distintos estilos que tenían cabida en una misma agrupación, pasando del swing más sazonado a los primeros balbuceos del bebop. Chu Berry, en especial, nos obsequia con una interpretación vibrante y pletórica. Diría, por tanto, que la mencionada actitud de Calloway hacia sus músicos es digna de reconocimiento y elogio; y que, en este sentido, la música que escuchamos a través de su orquesta no es sino reflejo de su propia personalidad.

Sin embargo, mantenía una relación complicada con el por entonces recién llegado Dizzie Gillespie. La relación se volvió tan tensa que, por algún tipo de malentendido, Gillespie blandió un cuchillo e hirió a Calloway. Si uno ve *The Blues Brothers* y recuerda dicho incidente, notará profundamente cómo han cambiado los tiempos.

Cab Calloway (1907-1994)

Nace en el estado de Nueva York. En 1930 se une a la banda The Missourians, que liderará posteriormente y con la que actuará en el Cotton Club a partir de 1931. Con su canción «Minnie the Moocher» obtiene un éxito extraordinario que le vale a Calloway el apodo de «El hombre de Hi-De-Ho», al hilo del estribillo de la canción. De 1940 en adelante, Milt Hilton, Chu Berry y otros grandes músicos se unen a la *big band* de Calloway y elevan notablemente el nivel de la música orquestal de jazz. A partir de los años cincuenta, Calloway interviene en películas musicales y llega a convertirse en un *showman* en toda regla.

Chu Berry and His Stompy Stevedores with the Cab Calloway Orchestra.
«*CHU*» (Cbs/Sony SOPL-123)

Charles Mingus

Durante mi segundo año en la universidad trabajé en el turno de noche de un modesto restaurante en el barrio de Kabukicho, en Shinjuku, y respiraba el aire viciado del local desde las diez de la noche hasta las cinco de la mañana, hora a la que regresaba a mi departamento en Mikata, junto a borrachos que habían perdido el último tren de la noche anterior. Trabajé allí desde finales del otoño hasta principios de la primavera del año siguiente, de manera que cuando rememoro aquella época, el paisaje que me viene a la mente siempre está teñido del frío invernal. Fue, de hecho, un invierno gélido y gris, en el que me sentí solo y mi vida carecía de alicientes.

No lejos del restaurante había un pequeño bar de jazz llamado Pithecanthropus Erectus, un nombre que obviamente tomaba el título de un álbum de Charles Mingus (solo un aficionado al jazz puede recordar un nombre tan largo). El bar permanecía abierto hasta bien entrada la madrugada, así que cuando tenía algo de tiempo libre iba allí a tomar un café y escuchar algo de jazz. Hacia 1970, Shinjuku era un lugar muy animado, y entre toda esa agitación y desorden se entreveraba también una ardiente ilusión por el futuro. El entusiasmo se respiraba en el aire y uno tenía la sensación de que a su alrededor estaban teniendo lugar acontecimientos extraordinarios.

Ahora no recuerdo si en ese bar escuché alguna vez el disco *Pithecanthropus Erectus,* de Charles Mingus. En cualquier caso, cada vez que lo escucho me acuerdo del local del mismo nombre. Me siento transportado mentalmente al barrio de Kabukicho, en Shinjuku, durante el invierno.

Lo que sí recuerdo es la primera vez que escuché el mencionado disco: yo era todavía un estudiante de secundaria y no

M. Wada '92

comprendí demasiado aquella música ni me pareció especialmente emocionante. «¿Qué clase de cosa es esta?», debí de preguntarme, perplejo. Por supuesto, se me escapaba toda aquella turbulenta sensibilidad y el sutil humor de temas como «A Foggy Day». Me preguntaba qué necesidad había de añadir todo aquel ruido a una canción (por otro lado) pegadiza.

Sin embargo, con el paso de los años, *Pithecanthropus Erectus* fue ganándose poco a poco un lugar en mi corazón. Lo que antes había considerado burdo y tosco, aquello que había tomado por un sinsentido fue transformándose en algo especial, hasta el punto de que cuando escucho «A Foggy Day» en una interpretación de otro músico, sea quien sea, siempre me parece estar escuchando de manera simultánea a Mingus, como si este fuera el parámetro bajo el que guiarme. Puede resultar extraño, pero así es.

Es probable que Mingus no tuviera excesiva fe en la canción «A Foggy Day», porque en cierta ocasión le dijo a Lester Young que mientras tocaba «A Foggy Day» tarareaba para sí la letra, que ese era el único modo de que el tema alcanzase la sensibilidad del público. Resulta curioso que lo que Mingus nos ofrece con *Pithecanthropus Erectus* sea algo opuesto por completo a la concepción musical de Lester Young, algo que dista bastante del «A Foggy Day» original, cuyo orden ha quedado alterado. Pese a ello, Mingus mantiene la calidez de la versión vocal de Lester Young y es igualmente poética; y a nosotros, a su público, nos toca el corazón: en ese tema hay lágrimas y sangre, y la ejecución de Mingus logra conmovernos.

Charles Mingus (1922-1979)

Nace en el estado de Arizona. Se inicia en la escena profesional como bajista en 1940. En 1952 funda la discográfica Debut Records junto con Max Roach, y posteriormente, el Jazz Composers Workshop con Teddy Charles. *Pithecanthropus Erectus* nace de su constante profundización en la música como compositor y arreglista. Muchas de las obras que concibe más tarde inciden en los problemas sociales que vive en su entorno, sobre todo de discriminación racial, y son vehículo de expresión de su rabia.

Pithecanthropus Erectus (Atlantic 1237)

Jack Teagarden

Sin desmerecer los innumerables y fabulosos álbumes que nos dejó como solista, el público en su mayoría recordará sobre todo al trombonista Jack Teagarden como músico acompañante en la agrupación All Stars de Louis Armstrong. No obstante, los elepés que grabó junto al trompetista y cornetista Bobby Hackett también son excelentes sin excepción. Estos últimos he seguido escuchándolos con entusiasmo desde joven, y no es que sean obras maestras que cambiasen el rumbo de la música de su época; simplemente, son discos que lo arropan a uno con una exquisita mezcla de sonido melódico, suave y lleno de swing por parte de Hackett, y de desenfadada espontaneidad por parte de Teagarden. Como oyente de jazz, poco más puedo pedir. Sin embargo, tengo la impresión de que los aficionados a este tipo de jazz prácticamente han desaparecido y de que casi nadie recuerda ya a Teagarden. Es una pena. Luego resulta que mucha gente se vuelca en escuchar con auténtico fervor a Keith Jarrett... Pero esa es otra historia en la que no quisiera entrar ahora.

Al pensar en Jack Teagarden y en Bobby Hackett, el primer tema que me viene a la cabeza es «I Guess I'll Have to Change My Plans», maravillosa balada incluida en el elepé *Coast Concert,* publicado en 1955 por el sello Capitol. El solista principal del disco no es otro que Hackett, pero Teagarden se eleva como protagonista indiscutible con un solo de gran elegancia y suavidad, donde deja constancia de todo su talento. El tema se inicia con Hackett, quien no tarda en dar paso a Teagarden, que toma el relevo ejecutando una melodía que provoca lágrimas de nostalgia. A continuación, vuelve Hackett y su corneta dibuja con firmeza un segundo tema musical, hermoso y espiritual,

para después ceder el turno al veterano Abe Lincoln, también trombonista como Teagarden, que desarrolla una melodía clara y diáfana. Cada uno de los intérpretes aborda su parte con una incuestionable sinceridad expresiva, fiel a la melodía original y con sobrados recursos para improvisar. Escucharlos es pasar por todas las alegrías y tristezas de la vida, además de un auténtico placer. Nada hay en su interpretación —ni un solo indicio de prisa, nada— que altere la apacible atmósfera.

Al escuchar los discos de esa época, lo que más me llama la atención es la idiosincrasia propia de cada músico, la originalidad única de que hacen gala. Obviamente, todo buen músico tiene su estilo propio; así ha sido y así será siempre, en cualquier época. De un músico de cierto nivel cabe esperar un estilo original, único e intransferible. Sin embargo, yo diría que lo de Hackett y Teagarden es algo más que *estilo musical:* da la impresión de que ambos reflejan su vida en la música que tocan. Tienen su propia *voz.* Invito al lector a prestar atención al tono característico de Teagarden; parece hablarte a través de sus fraseos, parece cantar para ti. Me temo que un jazz así, tan íntimo, ya no suena en ningún lugar.

Con el propósito de grabar *Coast Concert* para el Dixieland Jazz Festival, la discográfica Capitol llamó a Hackett a sus estudios de la Costa Oeste y le dio completa libertad para elegir a los músicos que quisiera, de entre los disponibles en el lugar, y para que seleccionara las canciones que quisiera y las interpretase en el estilo que decidiera. La banda que se formó con esas condiciones grabó *Coast Concert* durante la noche, hasta el amanecer. Tal vez sea en condiciones semejantes donde los músicos con una idiosincrasia única tengan la oportunidad de brillar con más luz.

JACK TEAGARDEN (1905-1964)

Nace en el estado de Texas. En 1921 empieza a tocar en un trío, y en 1927 se traslada a Nueva York. Entrada la década de 1930 participa en la grabación de numerosos discos y forma parte de la orquesta de Paul Whiteman; en la siguiente década toca con la All Stars de Louis Armstrong, y desde 1951 lidera su propia banda, con la que toca predominantemente jazz de tipo dixie. Las atmósferas relajadas que recrea y el particular sonido que extrae de su trombón contribuyen a consolidar la presencia de este instrumento en las formaciones de jazz. Big T, como se le conocía a menudo, también fue un dotado cantante cuya voz desprendía mucha calidez.

Bobby Hackett and His Jazz Band. Coast Concert (Capitol T-692)

Bill Evans

Suele haber consenso entre todos los aficionados al jazz en que el talento de Bill Evans alcanzó su máximo esplendor con su trío de piano. Podría acotarse aún más su trayectoria y afirmarse que el talento de Bill Evans llegó a su nivel más alto mientras el contrabajista Scott LaFaro formó parte de aquel trío. Como ejemplo de ello citaré cuatro álbumes producidos y publicados por el sello discográfico Riverside: *Portrait in Jazz, Waltz for Debby, Sunday at the Village Vanguard* y *Explorations*. Riverside merecería ser recordado aunque solo fuera por estos cuatro elepés.

Bill Evans ejecuta en los cuatro una labor impecable, espléndida, filtrando su fuerte ego —ese ego que no pocos problemas le causó— a través del tamiz de su talento, para crear un arte que se desborda en cada nota, en cada gesto, como un surtidor de piedras preciosas abierto ante nosotros. Pero quien verdaderamente equilibra y activa ese complicado y minucioso tamiz es Scott LaFaro, cuyo soplo lleno de frescura primaveral y frondosa hondura logra echar abajo las barreras que protegen nuestro yo más sensible y conmovernos profundamente. Creo que aquel fue un momento crucial, que sin Scott LaFaro no habría habido Bill Evans tal y como lo conocemos, y que sin Bill Evans no habría habido Scott LaFaro. Fue uno de esos milagrosos encuentros que solo se dan una vez en la vida.

El lenguaje del bebop, que había definido el estilo de Evans hasta aquel momento, experimenta un proceso de deconstrucción que le abre nuevos horizontes llenos de posibilidades —y, por consiguiente, también nos lo abre a nosotros al escucharlo—. Despojados de nuestras viejas vestiduras, descubrimos que el color de nuestra piel ha mudado y que nuestra conciencia se

M. Wada '92

nutre de la actividad de nuevas neuronas; nos asedia una fiebre irrazonable, un amor irrefrenable por el mundo entero, una llama que lo atraviesa como un cuchillo.

Lamentablemente, la feliz colaboración entre ambos duró pocos años. A LaFaro lo sorprendió la muerte de manera prematura en 1961, y Evans quedó a la deriva, a merced de un desmesurado afán de perfeccionismo que lo paralizó: a partir de entonces apenas dejó grabaciones. A pesar de los numerosos contrabajistas que fueron pasando por su formación, la chispa creativa y la espontánea originalidad surgidas entre LaFaro y él no volvió a producirse. Por supuesto, Evans continuó activo hasta el final, pero los horizontes del jazz no volvieron a ensancharse como lo habían hecho cuando tocaba junto a LaFaro. Conservó siempre intactas, y al más alto nivel, la sensibilidad y la introspección que lo caracterizaban, pero aquella pasión febril de la época en que tocaba con LaFaro acabó disolviéndose hasta desaparecer, como un amor que parece eterno y se queda en pasajero.

Me gusta escuchar el álbum *Waltz for Debby* en el viejo vinilo que conservo, no en cedé. Se compone de tres temas por cara, y siempre que concluye y alzo la aguja del tocadiscos, dejo escapar un suspiro; un suspiro que, con el tiempo, he llegado a considerar parte misma del disco. Aunque los seis temas son espléndidos, siento predilección por «My Foolish Heart». Sí, es un tema demasiado afectado; no se puede negar. Pero cuando la música me absorbe en cuerpo y alma como lo hace la de este disco, no necesito más razones. ¿No es precisamente eso una consecuencia del amor por el mundo al que me he referido antes?

Bill Evans (1929-1980)

Nace en el estado de Nueva Jersey. Si bien la influencia de Bud Powell se adivina en sus primeros años como pianista, poco a poco evoluciona a un estilo personal y de músico blanco. En 1958 entra a formar parte del sexteto de Miles Davis, y en 1959 crea su propio trío de piano, con Scott LaFaro al contrabajo. El tono íntimo y sutil, característico de Evans, encuentra su mejor expresión en la alambicada complicidad que se genera entre los miembros del trío, hasta el punto de ampliar los horizontes de la música jazz y crear algunas de las obras maestras de la historia del jazz. Por desgracia, la magia sufre un final abrupto en 1961 con la muerte de LaFaro en un accidente de tráfico.

Waltz for Debby (Riverside RS-9399)

Bix Beiderbecke

Recuerdo un jazz-café ubicado en Suidobashi, durante mi época de estudiante universitario, a comienzos de los años setenta. Se trataba de un local bastante pintoresco llamado Swing, donde no se escuchaba otra cosa que jazz tradicional. Allí estaba vetado todo estilo a partir del bebop, y ni Charlie Parker ni Bud Powell tenían un lugar en su repertorio de discos.

Debe tenerse en cuenta que aquellos eran los años de esplendor de John Coltrane y de Eric Dolphy, de modo que aquel local no era especialmente popular entre los amantes del jazz, en general. Si el lugar se mantenía a duras penas abierto era gracias a un nicho de clientes que le guardaban fidelidad absoluta. A pesar de todo, o *gracias a ello,* la música que allí sonaba era de una calidad excepcional. A diario, de la mañana a la noche, sus viejas bocinas (la izquierda de diferente tamaño que la derecha) emitían un reconfortante jazz añejo, sin hacer ningún tipo de concesión a estilos modernos. Solo para quienes seguían la tendencia general, es decir, para la mayoría, aquello no tenía mucho sentido.

Trabajé en ese jazz-café y aprendí todo lo que debía aprenderse para disfrutar del viejo jazz mientras escuchaba a Sidney Bechet, a Bunk Johnson, a Pee Wee Russell, a Buck Clayton... Pero mi mayor descubrimiento fue, sin duda, el de Bix Beiderbecke, cuyo sublime sonido de corneta me atrapó en cuanto lo escuché por primera vez. Fue, como otros, una estrella fugaz con apenas tiempo para lucir durante los años veinte del pasado siglo, y que se apagó debido a lamentables circunstancias cuando Bix solo tenía veintiocho años. Fue un astro efímero, un bebedor autodestructivo y el genio blanco de su instrumento.

La gracia de su música se encuentra en su intemporalidad.

M. Wada 92

Por supuesto, su estilo se enmarca en un pasado ya lejano, de principios del siglo XX, y en ese marco es fácilmente reconocible; pero no me refiero al estilo, sino al sonido y a la intuición de Bix para los fraseos: nada hay en ellos que pueda tildarse de viejo. Su música surge con el encanto del agua que mana de un surtidor, lanzando alegría y melancolía a partes iguales, y cala en nosotros, que lo escuchamos ahora, con la inmediatez de la contemporaneidad; por tanto, nuestro gusto por ella no está teñido de añoranza.

Supongo que quien escuche a Bix por primera vez se dará cuenta de que no trata de ganarse la aprobación del público con su música. En ella puede percibirse un fuerte y extraño sentido de introversión e independencia inherente a su estilo. A donde dirige la mirada, con terca fijeza, no es a los oyentes que lo escuchan, ni siquiera a la partitura, sino a la secreta esencia de la música, escondida en un hondo abismo. La música que sumerge sus raíces con profundidad en semejante estado anímico llega a ser intemporal.

Basta con escuchar dos temas para comprender el talento de Bix: «Singin' the Blues» y «I'm Coming Virginia». Muchas otras actuaciones suyas también deslumbran, rebosantes de calidad, pero ninguna como estas dos, en las que lo acompaña el también genial saxofonista Frankie Trumbauer. «Singin' the Blues» y «I'm Coming Virginia» expresan, con claridad y convicción, con certeza y conciencia, una verdad con mayúsculas, indudable como la muerte, incuestionable como el reflujo de las mareas, inapelable como la declaración de impuestos. En los apenas tres minutos de música de cada tema se agazapa el universo entero.

Ambos temas fueron incluidos en la recopilación *Bix Beiderbecke Story vol. 2*. Me lo regalaron cuando abandoné el Swing y lo conservé con mucho cuidado, hasta que en alguna de mis muchas mudanzas desapareció. Es una pena no saber en qué momento se extravió ni adónde fue a parar.

Naturalmente, el Swing tampoco existe ya.

Bix Beiderbecke (1903-1931)

Nace en el estado de Iowa. De niño tocaba el piano, pero cuando con quince años se hace con una corneta, se vuelca en el instrumento y aprende a tocarla de manera casi autodidacta. En 1923 cosecha gran éxito como solista en la orquesta The Wolverines. También participa en su primera grabación de un disco. Toca, entre otras muchas, con las bandas de Frankie Trumbauer y de Paul Whiteman. Fue el primer blanco de la historia del jazz que creó escuela dentro de dicho género musical. Lamentablemente, su alcoholismo acabó dañándole la salud hasta terminar con su vida cuando todavía era muy joven.

Bix Beiderbecke 1927-1929 (Cbs/Sony 20ap-I804)

Julian Cannonball Adderley

Julian Cannonball Adderley fue un músico de un talento colosal, un genio indiscutible. Hacía gala de una imaginación libre, una técnica voluptuosa y un bellísimo tono, cálido y original. Sin embargo, no era el tipo de músico que conmueve al oyente hasta las entrañas. ¿Debemos lamentarlo? Quizás sí.

Desde el punto de vista humano, parece que era una persona de una generosidad excepcional, cosa que se capta al escucharlo cuando toca. Considero, no obstante, que la música excelsa siempre acaba siendo una representación de la muerte (al menos, así lo percibo yo), y lo que alivia nuestra caída a esas zonas oscuras es, en muchos casos, el denso veneno procedente del mal, porque el dulce entumecimiento que produce en nosotros ese veneno provoca fuertes distorsiones en nuestra percepción del paso del tiempo...

Dicho lo cual, uno de los discos que más he escuchado a lo largo de los años es un directo de Cannonball grabado en 1964 en el Shelly's Manne-Hole de Los Ángeles. El tema «The Song My Lady Sings», una balada original de Charles Lloyd, incluida en la cara B del disco, contiene un largo solo de Cannonball que, más allá de cualquier expectativa, cala en lo más profundo de uno. He puesto dicho disco en el tocadiscos en multitud de ocasiones solamente para escuchar esta canción.

Ahora bien, no pretendo afirmar que se trate del mejor solo de toda su carrera. Si uno escucha con atención, llegará a notar que algunas imperfecciones se abren paso por los fraseos y echará en falta el ágil destello de la juventud, como un Pegaso que extiende sus alas para surcar los cielos. A cambio de ello, brota de su interpretación algo conmovedoramente

M. Wada 92

humano que trasciende los límites de la música. Apenas se percibe, pero está ahí, lleno de encanto.

Es un sentimiento callado, como de muda nostalgia por el lugar donde uno vivió en determinada ciudad lejana. Al elevarse sobre los demás instrumentos de la banda, el saxo de Cannonball va desgranando la melodía a partir de notas desgarbadas, de diversa altura, que se dirigen hacia nosotros con sigilo, como si nos acariciaran el pecho con su mano suave y menuda. Me gusta escuchar este disco en plena noche, solo, con una copa de vino en la mano, y dejarme mecer por su música e inundar por la alegría. Interviene también Joe Zawinul, con paciente discreción y un solo de piano bellísimo.

Cannonball nunca tuvo la tentación de crear una música de tintes oscuros. Nació y vivió con inocencia. Murió con magnanimidad. Ni los retoques ni los arrepentimientos, ni las traiciones ni las concesiones, y menos aún las noches de insomnio..., formaban parte de su vocabulario musical.

Por eso, quizás, de vez en cuando y de manera imprevista, nos llega al corazón con esa melancolía apolínea e inmensa tan característica suya. Lo hace, por supuesto, con una caricia suave y reposada; en definitiva, exonerándonos.

Julian Cannonball Adderley (1928-1975)

Nace en el estado de Florida. En 1955 se muda a Nueva York y empieza a gozar de popularidad al saxo alto, considerándosele el sustituto de Charlie Parker, fallecido aquel año. Después de una temporada con el trompetista Nat Adderley, que es hermano suyo, se une a Miles Davis y participa en discos históricos como *Milestones,* de 1958, y *Kind of Blue,* de 1959. Tras regresar con Nat, ambos se convierten en impulsores e importantes representantes del funky jazz.

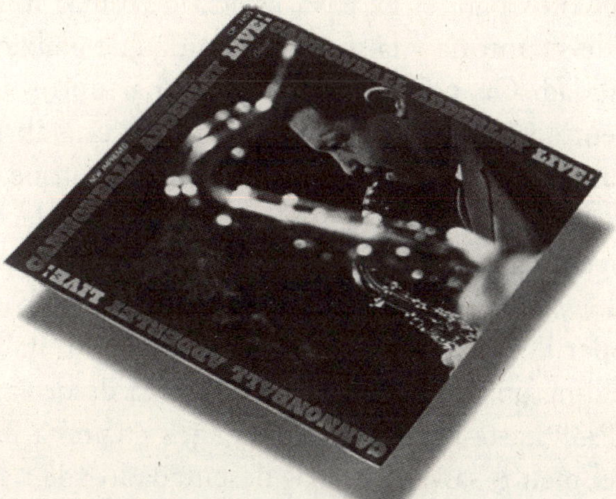

Cannonball Adderley Live! (Capitol ST-2399)

Duke Ellington

El concepto «genio» se asocia a menudo con una vida frenética y una muerte prematura. Ese no fue, desde luego, el caso de Duke Ellington, cuya existencia, repleta de genialidad, transcurrió con el sosiego y el refinamiento que él mismo le dictó. De hecho, supo llevar las riendas de su vida de manera admirable. No solo eso: fue una fuente de creatividad inagotable en diversos géneros musicales. No hace falta decir que es uno de los músicos más celebrados de la historia del jazz.

Obviamente, una carrera musical tan longeva en un artista de su calibre no estuvo exenta de problemas, pero nada supuso un impedimento para el extenso legado de temas musicales y canciones de su autoría y la ingente cantidad de grabaciones de altísima calidad. Cuando trato de seleccionar uno solo de sus discos de entre su enorme discografía, siento una abrumadora impotencia, como si yo mismo fuera un bárbaro que se da de bruces con la Gran Muralla China. Así pues, la selección que me dispongo a hacer responde a un criterio de gusto puramente personal.

Para poder llevarla a cabo, empezaré por delimitar el terreno: 1) el Ellington que más me gusta abarca desde la segunda mitad de 1939 hasta mediados de los años cuarenta. Es el más accesible, el menos salvaje, el más desenfadado a la par que refinado. Es, sobre todo, la época inmediatamente anterior y posterior a la llegada de Jimmy Blanton a su orquesta. Puedo acotar aún más el asunto: 2) mi elepé favorito es *In a Mellotone,* publicado por la discográfica RCA. Y si he de precisar más, 3) diría que la cara B es impecable. Aunque puedo escuchar todo el disco una y otra vez sin cansarme. Los miembros de su orquesta también son magníficos: Hodges, Webster, Cootie, Bigard,

M. Wada

Carney... Es, sin duda, la época dorada de Ellington. ¿Qué más se puede pedir?

Aparte del tema homónimo, *In a Mellotone* contiene «All Too Soon» y «Rocks in My Bed», unas canciones que con su estilo sobrio y austero me gustan particularmente. Otros temas escritos por Ellington y también muy populares, incluidos en el elepé, son los espléndidos «Solitude» o «Satin Doll», y también hay otros menos conocidos, pero que le llegan a uno al corazón. Para mí, adentrarse en la rica y vasta espesura de su música e ir descubriendo, uno a uno, los temas que se ocultan en ella constituye también una inagotable fuente de satisfacción. Puedo escuchar «Rocks in My Bed» mil veces y volver a emocionarme con la misteriosa calidad vocal de Ivie Anderson, directa y profunda al mismo tiempo. Cuando se acerca el momento en que su línea melódica se entremezcla con el delicioso solo de clarinete de Barney Bigard, una obra de arte en sí misma, uno tiene la impresión de encontrarse ante una maravilla de la naturaleza. No estoy exagerando. Siempre que me encuentro ante una pieza musical sublime, sea esta del tipo que sea, surge en mí, desde algún lugar que desconozco, un profundo sentimiento de empatía y fraternidad.

DUKE ELLINGTON (1899-1974)

Nace en Washington D.C. Entre 1927 y 1931 toca con su propia banda en el Cotton Club de Harlem. En torno a 1940 se incorporan a su orquesta músicos de primera categoría, dando lugar a lo que se conocerá como la época dorada de su carrera. Continuó en activo hasta su muerte. Además de tocar el piano, fue un excepcional director de su propia orquesta, y afirmaba que esta era su verdadero instrumento. Se le considera uno de los grandes compositores del siglo XX, y su influencia se extiende aún más allá del jazz.

In a Mellotone (Rca LPM-1364)

Ella Fitzgerald

La interpretación vocal de Ella Fitzgerald que más me emociona es la que encontramos en «These Foolish Things», canción de aire romántico incluida en el álbum *Ella & Louis Again* (sello Verve). El elepé, grabado en una sesión de estudio, consiste, como su título indica, en una serie de temas en los que colaboran juntos Ella Fitzgerald y Louis Armstrong, y es concebido como continuación de un disco anterior: *Ella & Louis*. El tono que lo recorre es alegre y con mucho swing. Precisamente en «These Foolish Things», Louis Armstrong no interviene, cede la exclusividad vocal a Ella. Si nos imaginamos esa situación sobre el escenario, Louis se habría retirado al camerino para tomarse un respiro tras su actuación, mientras todavía se oye el aplauso que el público le dedica. Toma entonces el relevo Ella. Los focos se han apagado y la cantante camina de manera pausada hacia el centro del escenario, en la penumbra. Así me lo imagino. Desde luego, Norman Granz, el productor, tenía olfato para este tipo de escenificación.

El acompañamiento corre a cargo del trío de Oscar Peterson, con la inclusión del baterista Louie Bellson. Naturalmente, el trío de Peterson se desenvuelve a la altura de las circunstancias, y cual blusa de seda, se adapta a la piel de la canción, sin pegarse demasiado a ella. Unas buenas canciones, dos cantantes excepcionales y un acompañamiento de lujo... Así pues, ¿el jazz puede ponerle a uno de tan buen humor? Esto fue lo que pensé la primera vez que escuché este disco, aún en la universidad. Todavía hoy pienso lo mismo. Lo he escuchado muchísimas veces..., y sigue pareciéndome tan redondo, tan completo y sencillo que no me canso de ponerlo una y otra vez.

Me llena de asombro el enorme talento tanto de Ella como de Peterson, unido a la gran consistencia artística que mantuvieron a

lo largo de sus carreras. Sin embargo, en ciertas ocasiones hay algo en ellos que me causa empacho y que definiría como un *exceso de maestría.* Como músicos, están en la cumbre de su arte, nada que objetar; pero, como oyente, echo en falta alguna que otra alusión a las sombras que, junto a las luces, también pueblan nuestro espíritu, en cuanto seres humanos. No me transmiten ninguna, ni Ella ni Peterson. En «These Foolish Things» se percibe el lado luminoso que también somos, el lado bueno y amable del ser humano, que con tanto vigor relucía en ellos.

En 1952, Oscar Peterson, con su cuarteto recién formado, acompañó a Billie Holiday en una nueva interpretación de «These Foolish Things». El tema, pasado por el tamiz vocal de Holiday, se me antoja una auténtica obra de arte. Con su emotividad exuberante, supera la de Ella. El acompañamiento de Peterson al piano, sin embargo, no me convence. La locuacidad de su piano —justificable por la juventud de Peterson— no contribuye a generar esa atmósfera especial que Billie Holiday trata de recrear con su voz; más bien la echa a perder.

Al terminar de escuchar la versión de Billie Holiday, sufriendo por tan patente desequilibrio musical, y volver a la de Ella Fitzgerald, uno se da cuenta de hasta qué punto unos estamos hechos para unas personas y no para otras. Por lo que sé, Peterson y Holiday no volvieron a actuar juntos después de aquella ocasión, y no me extrañaría que la negativa a hacerlo partiera de Holiday. Por otro lado, cuando el pianista acompañó a Fitzgerald en «These Foolish Things», lo hizo algunos años después de aquella grabación con Holiday, y todo ese tiempo transcurrido, a tenor de la experiencia acumulada, debió de contribuir a su enorme progreso de una ocasión a la otra.

Sin duda, en la versión de Ella Fitzgerald y Oscar Peterson de «These Foolish Things» hay momentos de sublime musicalidad; por ejemplo, y en especial, las evoluciones del piano cuando la letra dice: *«A tinkling piano in the next apartment»*. Es un momento impecable. Si dicha interpretación de ambos fuera una novela, merecería sin discusión alguna el Premio Naoki.

Ella Fitzgerald (1917-1996)

Nace en el estado de Virginia. En 1934 gana uno de los Amateur Night Shows, los concursos para cantantes aficionados que se celebraban con regularidad en el teatro Apollo de Harlem. Un hecho que le abre las puertas de la banda de Chick Webb. Desarrolla la técnica del scat, origen del bop vocal. Su estilo interpretativo en emotivas y suaves baladas le valió el apodo de «La primera dama del jazz», y fue considerada la mejor cantante de jazz, después de Billie Holiday. Grabó un buen número de discos históricos para las principales discográficas, Decca y Verve entre ellas.

Ella and Louis Again Vol. 2 (Verve MGV-4018)

Miles Davis

Todos hemos tenido la sensación alguna vez de haber perdido un día. Incluso de que algo ha cambiado en nosotros y que no hay manera de volver a ser quienes éramos antes de ese cambio.

Quizás ese día nos dedicamos a deambular por las calles durante horas, doblando una esquina tras otra, trazando un recorrido que en principio debía de sernos familiar, pero que nos parece extraño.

Es posible que, al anochecer, decidamos entrar en algún lugar a tomar una copa. Así lo decidí yo. Se me antojaba un whisky con hielo. Encontré por fin un club de jazz, abrí la puerta y entré. Era un lugar estrecho, con apenas espacio para la barra y tres mesas. No había ningún cliente. Sonaba jazz.

Tomé asiento frente a la barra y pedí un *bourbon* doble. Mientras lo paladeaba, pensaba que algo había cambiado en mí y que no habría manera de volver a ser quien fui.

—¿Le gustaría escuchar algún tema en concreto? —me preguntó el joven camarero, situado frente a mí.

Alcé el rostro y medité la respuesta. «¿Algún tema en concreto?» Si lo piensas bien, sí que quería escuchar algo. Pero ¿qué, en concreto? ¿Qué música resultaba adecuada en aquel lugar? No sabía qué decir, así que continué dándole vueltas al asunto hasta encontrar una respuesta:

—*«Four» & More.*

Exacto, *«Four» & More.* Sin motivo aparente alguno, me había venido a la cabeza la imagen sombría y deprimente de la cubierta del disco de Miles Davis.

El camarero lo extrajo diligentemente de la estantería y lo puso sobre el giradiscos. Durante los siguientes minutos me dediqué

a escuchar la cara A de *«Four» & More* mientras contemplaba los cubitos de hielo del vaso de *bourbon*. Sí, *eso* era lo que deseaba escuchar. Ninguna otra música habría encajado mejor en aquel momento.

La interpretación de Miles Davis en *«Four» & More* es profundamente amarga y punzante. El tempo, de un extraño frenesí, como si asomara en él una oscura provocación, lo marca Tony Williams desde el fondo. Es un ritmo brillante cual luna blanca en cuarto creciente. Miles se adhiere a él y emite su magia, consistente en lanzar cuñas que va insertando en cada resquicio que se abre en el espacio. Lo hace de manera implacable. No pide nada, no entrega nada. No solicita nuestra empatía ni sacia nuestra sed. Toca desde lo más hondo de una intuición musical pura y primigenia.

Sonó «Walkin'», que es el tema más duro y agresivo de entre todos lo que grabó, y mientras lo escuchaba me di cuenta de que nada me afligía, de que no sentía ningún dolor. Al menos, en los minutos que duraba «Walkin'» y mientras Miles Davis se afanaba en despedazar cosas, una tras otra, como poseído por un espíritu, yo permanecí inmóvil, insensibilizado a todo estímulo, inmune a toda angustia. Pedí otro *bourbon*.

Eso sucedió hace mucho tiempo.

Miles Davis (1926-1991)

Nace en el estado de Illinois. A partir de 1945 empieza a tocar de manera profesional junto a Charlie Parker. Con el apoyo de Gil Evans, crea en 1948 el Miles Davis Nonet, una agrupación cuyos músicos tratan de expandir y llevar la composición y los arreglos a territorios inexplorados, y que pasaría a la historia del jazz. Después de dejar atrás el hard bop, en 1959, crea la obra maestra del jazz modal: *Kind of Blues*. Posteriormente, sigue experimentando y abrazando en ocasiones un sonido más eléctrico, mientras sus álbumes marcan, a lo largo de varias décadas, las nuevas tendencias en el mundo del jazz. Aunque deja de grabar en 1975, vuelve a los escenarios en 1981 y, a partir de entonces, continúa dando conciertos.

«Four» & More (Columbia CL-2453)

Charlie Christian

Aunque Charlie Christian es conocido sobre todo por su participación en las *jam sessions* en el Minton's Playhouse, considerada la cuna del bop, su talento se perpetúa gracias también a la grabación de una serie de sesiones menos conocidas, pero no por ello de menor calidad, en las que tocó con Benny Goodman. Estas últimas fueron editadas en Japón en una caja de tres elepés, bajo el título *Charlie Christian Memorial Album*.

En medio de una selección de temas y de una estructura establecidas por Benny Goodman, la creatividad de Charlie Christian se desborda y rebosa el marco señalado para sus solos. Hace gala, entonces, de una apasionada capacidad poética, que embelesa y arrebata, y que mantiene su modernidad todavía hoy, una eternidad de años después, superando las convenciones del bop, del swing y del jazz moderno, con una inteligencia y una naturalidad excepcionales, realmente fascinantes.

Por desgracia, Charlie Christian murió a los veinticinco años. Su brevísima carrera apenas duró un año y nueve meses, pero su influencia en las generaciones de guitarristas posteriores fue enorme. Cuando uno escucha a Barney Kessel, a Herb Ellis o a Kenny Burrell, reconoce en todas partes a Charlie Christian. Si lo piensas bien, hasta finales de los años cincuenta, cuando Wes Montgomery desarrolló su técnica de octavas, los guitarristas de jazz permanecieron bajo el hechizo de Christian, incapaces de escapar a su influencia, de igual modo que los saxofonistas altos anteriores a Ornette Coleman no pudieron desprenderse durante décadas del influjo de Charlie Parker.

Como la estela dejada por una estrella fugaz, el *Charlie Christian Memorial Album* constituye un inestimable compendio de su arte. Entre las *hot sessions* incluidas en él, una de las

MIN
PLA
M. Wade 92

más interesantes es la de enero de 1941, con el acompañamiento de Count Basie al piano. Por las filas del sexteto dirigido por Benny Goodman pasaron músicos del calibre de Basie, Cootie Williams (trompeta), Georgie Auld (saxo tenor), Christian, Artie Bernstein (contrabajo), Joe Jones (batería), todos ellos fantásticos. Se trataba de una colaboración entre la sección rítmica de Count Basie y los músicos habituales de Benny Goodman, la mayor parte músicos negros, que imprimen su estilo único y característico, con un ritmo sofocante y arrollador.

«Breakfast Feud», en sus múltiples grabaciones, destaca de manera especial por su melódica simplicidad y las réplicas llenas de ingenio entre el piano de Basie y la guitarra de Christian. No insinúo que la interacción entre Christian y los músicos habituales de Benny Goodman no sea interesante. ¡Por supuesto que lo es! Pero cuando el particular sentido rítmico de la sección de Basie, con capacidad para estremecer el suelo bajo nuestros pies, se entrelaza con la solidez de los fraseos de Christian a la guitarra, con esa sonoridad propia de un instrumento de viento metal, el efecto es insuperable. Me atrevo a decir que el swing te cala hasta los huesos. Se trata, pues, de una auténtica joya de grabación, perteneciente a una época en la que el magma del swing todavía bullía y el jazz era heroico.

Charlie Christian (1916-1942)

Nace en el estado de Texas. En 1934 comienza su carrera profesional como guitarrista, y en 1939 es contratado por Benny Goodman para tocar en su orquesta, con un sueldo inusitadamente elevado. Finalizada su jornada laboral, se reunía con Dizzy Gillespie y otros músicos para llevar a cabo sesiones de improvisación en el Minton's Playhouse, donde desarrolló su particular estilo melódico y rítmico, revolucionario y de influencia fundacional en el jazz moderno. El alcoholismo y el consumo excesivo de drogas dañó su salud hasta el punto de provocarle la muerte siendo aún muy joven.

Charlie Christian Memorial Album (Cbs/Sony 56AP-674-6)

Eric Dolphy

Cuando oigo hablar de Eric Dolphy, me viene enseguida el recuerdo de *Out There,* uno de los primeros elepés publicados por la discográfica Prestige, del cual no solo aprecio su excelsa musicalidad, sino también el diseño de su cubierta, tan original como inolvidable, de aire surrealista, daliniano, en la que observamos un contrabajo surcando el firmamento cual nave espacial, y sobre él, al propio músico Eric Dolphy, tocando el saxofón con el gesto contrariado. La vela que la nave despliega es, en realidad, un violonchelo; el techo, un platillo de batería; de uno de los flancos sale un cuerno y una flauta travesera se adhiere a su panza, como una inquietante sanguijuela. Ante la nave flotan unas hojas de partitura, y bajo ella, sobre un promontorio, se eleva un metrónomo gigante, cual faro guía. Todo ello, en conjunto, recrea una escena notablemente sombría, como si nos encontráramos en la periferia del universo o en un cobertizo con las luces apagadas.

A pesar de la fascinación que la nave pueda despertar en nosotros, nada en ella nos hace pensar en alta tecnología; ni siquiera la singularidad de su diseño llega a compensar la tosquedad de su aspecto. El nombre del ilustrador apenas ayuda: Profeta, dice la firma en una de las esquinas de la ilustración. A juzgar por la ejecución técnica, se trata de un ilustrador de escasa experiencia, un artista que no les supondría un gran desembolso a los productores de Prestige, todavía en sus inicios como compañía discográfica, y ni siquiera se consideró necesario dejar constancia de su nombre auténtico, relegándolo al anonimato.

Sin embargo, dicha ilustración, con su aire surrealista, siempre me ha fascinado: me resulta imposible disociarla de la música

del elepé al que acompaña. Posiblemente, muchos de los admiradores de Eric Dolphy no estén de acuerdo conmigo, pero, en mi opinión, capta a la perfección la atmósfera del disco y está en maravillosa sintonía con el carácter único de su autor, con su tendencia a la vanguardia, con su seriedad, con su aire equívoco como de estar ocultando algo (para bien o para mal). Me atrevo a afirmar que un pintor famoso —Dalí, por ejemplo— no habría llegado a captar aquello de tal manera que me emocionase tanto. Es desconcertante, sin duda.

En la contraportada se reproducen las siguientes palabras de Dolphy: «Trato de alcanzar algo diferente y nuevo; algo que, por tanto, yo mismo desconozco, pero que debe de ser espléndido. Y tengo la impresión de estar acercándome a ello. ¡Qué suerte hallarme en medio de este hervidero artístico, en esta maravillosa Nueva York!».

Out There se grabó en agosto de 1960, recién terminada la década de 1950 y a punto de diluirse sus efluvios conservadores, y a las puertas de la elección de Kennedy como presidente de Estados Unidos. Con *Out There,* Dolphy levanta el vuelo: su lanzamiento saca a Dolphy de un desolador y prolongado estancamiento creativo y supone el inicio de una época prometedora en la que su talento brillaría con luz propia. Desgraciadamente, aquella etapa no duró mucho. Murió poco después, en junio de 1964, de un ataque al corazón.

ERIC DOLPHY (1928-1964)

Nace en Los Ángeles. En 1958 se integra en la banda de Chico Hamilton, y dos años más tarde en la de Charles Mingus, una ocupación que compagina tocando con Ornette Coleman. Poco después, forma su propia banda mientras acompaña a John Coltrane. Introduce una nueva técnica que hace de puente entre el bebob de Charlie Parker y el jazz modal y el free jazz, que empezaban a asomarse a la escena musical.

Out there (Prestige / New Jazz 8252)

Count Basie

Cualquier acto, por efímero e insignificante que parezca, acabará mostrando su lógica interna una vez que es analizado bajo la lupa. «Todo afeitado encierra también su filosofía», dijo Somerset Maugham.

Y, por supuesto, existe una filosofía en el acto de escuchar a Count Basie. Es la siguiente: «La música de Count Basie deberá escucharse al máximo volumen posible, según lo permitan las circunstancias». No se trata de una filosofía demasiado profunda, pero sí de una verdad irrefutable. Por expresarlo de alguna manera: parte de la extraordinaria peculiaridad de su música consiste en la *presión* que esta ejerce sobre el entorno. Solo podrás decir que has captado el sentido de la interpretación de la orquesta de Count Basie si, sentado ante las bocinas, acabas teniendo la impresión de haber sido desplazado unos centímetros después de escuchar su música durante un rato. De ahí la necesidad de subir el volumen.

Con ello no quiero decir que la orquesta de Count Basie sea especialmente ruidosa. Pero es obvio que cualquier *big band,* por su mayor tamaño, lanza un volumen de sonido mucho mayor hacia el público. Aunque pueda resultar paradójico, los momentos de genialidad de la orquesta de Count Basie se producen a bajo volumen, con una sucesiva amalgama de suaves líneas melódicas por parte de cada músico. Es esa superposición de sonidos suaves lo que va calando en el oyente hasta hacerlo caer rendido al swing impuesto por los músicos, joviales torturadores... Quien escuche con atención, se verá sorprendido por lo que acabo de señalar.

La quietud se transforma en movimiento, los instrumentos de viento metal rugen sin vacilación, y nosotros, al escucharlo,

M. Wada 92

caemos rendidos ante el diferente rango de dinámicas; o, mejor dicho, somos arrollados por este. Esa capacidad para modular el swing a su antojo —ya sea a alto o bajo volumen— no estaba al alcance de ninguna *big band*, por mucha calidad que tuviera. Solo «el conde» Basie, tras su estancia en Kansas City, sabía cómo lograrlo.

Dicho lo cual, mi elepé favorito de Basie es *Basie in London*, en el sello Verve. A lo largo de su carrera grabó numerosos discos en directo, pero *Basie in London* me divierte como ningún otro. Recurriré a una expresión de los viejos músicos de jazz para referirme al swing que encuentro en este disco: «Es perjudicial para la salud», y repetiré lo que ya he dicho: es mejor escucharlo con el volumen muy alto. El disco no tiene desperdicio, es magnífico de cabo a rabo. En particular, los seis temas de la cara A lo dejan a uno sin respiración; tienen la fuerza de un tsunami. Valgan como ejemplo «Shiny Stockings» o «How High the Moon». Pero basta de peroratas por mi parte. Acomódese el lector en su sofá con una cerveza en la mano, suba el volumen del equipo y sumérjase en el sonido. Bienvenido al paraíso.

Count Basie (1904-1984)

Nace en el estado de Nueva Jersey. Pasa los años veinte en Kansas City, como miembro de los Walter Page's Blue Devils, y con la orquesta de Bennie Moten. En 1935 forma su propia banda, y con esta se muda primero a Chicago y luego a Nueva York. A pesar de la disolución temporal de su banda en 1950 y del estancamiento musical que sufre durante los años sesenta, mantiene hasta el final el pulso firme —y el swing— como líder de su banda, tocando con un estilo minimalista, lleno de talento y energía.

Basie in London (Verve MGV-8199)

Gerry Mulligan

Guardo un nítido recuerdo de la primera vez que vi la imagen de Gerry Mulligan en una foto. Me deslumbró su figura de hombre joven, alto y rubio, de ojos de un azul transparente, llenos de vitalidad, pelo cortado a cepillo e impecable indumentaria de traje de corte clásico, camisa blanca abotonada hasta el cuello y fina corbata negra de punto. El prominente mentón le otorgaba un aire obstinado mientras sostenía su gran saxo barítono de metal reluciente. Era una imagen de inigualable elegancia, pulcritud y presencia, que representaba el inicio de la década de 1960 en aquel mundo genuinamente estadounidense, a años luz del mío.

Debido a aquella primera impresión de elegancia jazzística y eterna juventud bajo el deslumbrante sol de California, la imagen de Gerry Mulligan siempre ha ido, para mí, por delante de su música. Nada enturbia la escena, ninguna sombra se cierne sobre ella, ningún rasguño empequeñece su elegancia; solo su música, hermosa pero recorrida por cierto desasosiego, nos permite intuir lo que la foto no deja ver.

Mucho tiempo después tuve conocimiento de los múltiples problemas depresivos y asociados al consumo de drogas que en realidad había padecido Gerry Mulligan. Llegó a pasar tiempo en prisión, donde se vio envuelto en diversas trifulcas. A pesar de la vitalidad y la creatividad que irradiaba en aquellos años de su juventud, el jazz era todavía un género musical *underground,* entreverado con los bajos fondos de la cultura urbana estadounidense. Aquella foto que tanto captó mi atención, y en gran medida su música, se encuentran sin embargo en el lado luminoso de la vida.

Su música proviene indudablemente del fondo de su alma;

M. Wada 97

es un aliento de esta, espontáneo y reflexivo al mismo tiempo. Su forma de tocar transmite un profundo respeto hacia la música y una actitud de gran dignidad como músico. En contraposición a los tonos agudos de Pepper Adams, también saxo barítono, sus tonos son profundos y suaves, con una tendencia ocasional a un exceso de seriedad, pero siempre con decidida voluntad de seducción.

En cierta ocasión escuché a Gerry Mulligan en directo. Fue en la segunda mitad de los años ochenta, en Madarao Kogen, en la prefectura de Nagano, como parte del programa del Festival de Jazz de Newport. Se presentó allí como director de una gran banda de jazz. Dirigir una gran orquesta, y contribuir además como solista y arreglista, era algo con lo que había soñado siempre; un sueño que solo logró cumplir al final, pero que al menos debió de resarcirle de muchas de las penas por las que había pasado a lo largo de su vida. El concierto se celebró al aire libre, en pleno verano, y Mulligan, que ya no era ningún joven y lucía una espesa barba, dirigía con tal soltura a los demás músicos, a quienes doblaba en edad, que daba la impresión de que él mismo tocaba sus instrumentos musicales.

Cualquiera de los álbumes que conforman el legado de Gerry Mulligan es excelente, pero a menudo, después de un día agotador, me sirvo un vaso de whisky y me decanto por *What Is There to Say?* El saxo barítono de Gerry Mulligan, acompañado por las dulces evoluciones melódicas de Art Farmer a la trompeta, recrea la hermosa atmósfera de una noche profunda y nos transporta a un lugar perdido en lo más recóndito del corazón, un lugar oculto al que solo acceden las almas heridas.

Gerry Mulligan (1927-1996)

Nace en Nueva York. En la década de 1940 es admitido como arreglista en la banda de Gene Krupa, y a finales de dicha década, en 1948, se convierte en uno de los miembros del legendario Miles Davis Nonet, donde, además de encargarse de los arreglos, toca el saxo barítono. En 1952 se traslada a la Costa Oeste estadounidense y se une a Chet Baker para formar un cuarteto sin piano que destacará por su extraordinario contrapunto y contribuirá al desarrollo del jazz de la Costa Oeste. Posteriormente, vuelve a su ciudad natal, donde grabará discos que han pasado a la historia y consigue dar forma a su proyecto de tocar con una gran banda.

What is there to say? (Columbia CL-1307)

Nat King Cole

Las primeras canciones que escuché cantadas por Nat King Cole fueron temas románticos y fáciles de escuchar como «Pretend» o «Too Young», éxitos comerciales que sonaban allá por 1960 a través de las bocinas de una vieja radio de transistores, que en aquella época era, de hecho, un aparato novedoso. Por aquel entonces, Nat King Cole casi había abandonado por completo su habitual actividad como pianista de jazz, y se volcaba de lleno en la canción, grabando un éxito tras otro para la discográfica Capitol, con su voz dorada y ligeramente nasal, y acompañado de una orquesta de cuerdas. Sin duda, poseía el curioso talento de llenar de dulzura cualquier canción que interpretase, incluso una como «Ramblin' Rose».

A modo de anécdota, debo mencionar que escribí la novela *Al sur de la frontera, al oeste del sol* convencido de haber escuchado a Nat King Cole cantar «Al sur de la frontera». Sin embargo, aunque ciertamente grabó muchos discos de música latinoamericana, la canción «Al sur de la frontera» nunca formó parte de su repertorio. Alguien me lo advirtió y yo, incrédulo, repasé toda su discografía. Para mi sorpresa, constaté que aquella persona tenía razón.

Eso significa que el impulso para escribir *Al sur de la frontera, al oeste del sol* lo tomé de algo que no existía. No obstante, tal inspiración, aun infundada, dio lugar a un resultado positivo, o eso espero. Al fin y al cabo, una novela debe ofrecerle al lector la recreación de un mundo ficticio que se perciba como real.

Para este capítulo dedicado a Nat King Cole propongo *After Midnight,* grabado en 1956, cuando ya era toda una estrella de la Capitol. Se trata de un disco lleno de elementos jazzísticos, con la participación de músicos de primera línea como Harry

M. Wada 97

Edison, Willie Smith, Juan Tizol o Stuff Smith en la sección rítmica, y, por supuesto, Nat King Cole al piano. Los temas guardan un difícil equilibrio que los grandes profesionales de aquella época del jazz sabían mantener como nadie, sin ladearse hacia lo excesivamente meloso ni irse a territorios demasiado ruidosos.

El disco no está grabado como una *jam session* al uso, sino que cada tema es asignado a un músico para hacer su solo, pero el ambiente que transmite es el de un club de jazz en el que han entrado unos músicos en su camino de vuelta a casa, tras terminar su trabajo, y que son invitados a subir al escenario. En definitiva, la producción del disco es sobria, pero cálida y cercana al mismo tiempo.

La canción más hermosa del disco, en mi opinión, es «Sometimes I'm Happy», gracias a la interpretación de Stuff Smith, con un solo de violín que ha quedado como uno de los mejores solos de violín de la historia del jazz. Quienes recelan del violín como instrumento de jazz deberían darle una oportunidad escuchando «Sometimes I'm Happy». El luminoso instrumento de Smith se eleva con suavidad detrás de la voz de Nat King Cole, sin alejarse ni acercarse demasiado, y muerde dulcemente cada palabra que este pronuncia, provocando un hondo estremecimiento en nuestros corazones. Escuchar esta canción hace que queramos volver a enamorarnos...

Nat King Cole (1919-1965)

Nacido en el estado de Alabama. En 1937 formó un trío con Oscar Moore y Wesley Prince compuesto por piano, guitarra y bajo, creando el primer trío de piano moderno, en el que los tres instrumentos tienen partes iguales. Posteriormente, debido a la dulzura de su voz, alcanzó un gran éxito como cantante, y en la misma época, influido por Earl Hines, se convirtió en un pianista de primer nivel, con un estilo claro y preciso, y una gran sensibilidad para el swing ligero.

After Midnight (Capitol W-782)

Dizzy Gillespie

Si nos preguntasen cuál fue el músico más emblemático del bebop, el género jazzístico imperante durante la década de 1940, deberíamos responder que fue Dizzy Gillespie. Con su característica boina azul, sus llamativas gafas de montura negra, su barba de chivo, su traje al estilo *zoot,* descuidado y demasiado grande, su extravagante trompeta con la campana apuntando hacia arriba y su excéntrica actitud sobre el escenario..., creó una imagen inconfundible. Pero desde el punto de vista musical no todo en él era mera apariencia: debe reconocérsele una impronta imborrable en el panorama jazzístico.

Desde la perspectiva que nos ofrece el tiempo transcurrido, muchos lectores estarán de acuerdo conmigo en que la instintiva agudeza creativa de Charlie Parker superaba en profundidad y amplitud el colorido y chispeante estilo de Gillespie, muy ingenioso a menudo. Digamos que, si bien Gillespie se sitúa a la altura de un personaje de leyenda, Parker estaría entre el exclusivo grupo que ha alcanzado el Olimpo.

Lo cierto es que cada uno compensaba las carencias del otro cuando tocaban juntos, instruyéndose mutuamente: cuando Parker está a punto de asfixiarse y derretirse en la exuberancia de sus propias melodías, Gillespie interviene como un chorro de aire fresco para enderezar la situación, y cuando el desarrollo del tema se vuelve brumoso, ahí está Gillespie para atajar la niebla. En cierto sentido, hacía el trabajo de un secundario al servicio de la *prima donna.* Eran tiempos en los que a héroes como Parker, Powell o Monk se les permitía todo tipo de excesos, y en los que todo aquel que supiera mantener el tipo, como Gillespie, se encontraba en la tesitura de tener que asumir ciertas responsabilidades, léase: dar la cara por ellos cuando fuera necesario.

M. Wada 97

Paradójicamente, su estilo musical era salvaje hasta el delirio, como inspirado en rituales vudú..., y, por tanto, imposible de imitar. No se trataba, en cualquier caso, de algo artificial, sino que surgía, genuinamente y sin restricciones, de su interior. Aquello que me apasiona y me sorprende de su música es que en ella se juntan ese salvajismo mencionado y un indiscutible carácter equilibrado y racional, y que ambos conviven de manera armónica. Si algo le falta a la música de Charlie Parker es, en mi opinión, esa lucha interna de opuestos que encuentro en la de Gillespie.

Debo admitir que entre su pequeña banda, caldo de cultivo de sus prodigiosas improvisaciones, y las bandas de tamaño medio y la *big band* en las que se prodigó tras la muerte de Charlie Parker, me quedo con estas últimas, o al menos quisiera que a Gillespie se le reconociera en mayor grado su excelente trabajo en formaciones grandes. Sin embargo, tuvo la mala suerte de que las orquestas de tales dimensiones ya habían pasado de moda en su época de mayor apogeo. No obstante, el manejo que demostró en estas merece los mayores elogios. Cuando, inmerso en ese maremágnum sonoro, denso e impetuoso, uno escucha su música, tiene la sensación de hallarse en el profundo palpitar de un mundo lleno de misterio y magia, donde fiesta y funeral se alternan sin solución de continuidad, en una excitante y delirante decadencia... Lamentablemente, de ese emocionante y colorista universo ya no formaba parte Charlie Parker.

Dizzy Gillespie at Newport es el disco en directo que recoge el concierto, con la participación de dos jóvenes Lee Morgan y Benny Golson, y sirve como exponente de la vibrante energía y la impulsiva visión musical —tan analítica como sintética— de Gillespie, organizador y solista del evento.

Dizzy Gillespie (1917-1993)

Nace en el estado de Carolina del Sur. Después de tocar en diversas bandas, entre las cuales se encuentra la de Cab Calloway, en 1944 es admitido por Billy Eckstine en la suya. Solo un año después funda su propia *big band.* Por aquella época desempeña un papel fundamental, junto a Charlie Parker, en el desarrollo y establecimiento del bebop. No solo llegó a ser uno de los trompetistas más relevantes del jazz, sino que también, por medio de su actividad como delegado cultural, contribuyó a elevar el prestigio de dicho género musical. Además del incuestionable talento que poseía, su sempiterno carácter risueño y sus infladas mejillas al tocar la trompeta le hicieron ganarse el cariño del público.

At Newport (Verve MGV-8242)

Dexter Gordon

Dexter Gordon, de elevada estatura, sombrero impecable, taciturno y gesto impertérrito, bien parecido..., siempre me ha recordado a un árbol; a un viejo roble que se erige en medio del campo. Durante los últimos años de su vida, debido en gran parte a las secuelas de su drogodependencia, vivió como un eremita, proyectando a sus pies la sombra de su propia soledad. No empecé a disfrutar de su música sino hasta después de haber entrado a la universidad. Durante las revueltas universitarias de finales de los años sesenta, mis compañeros se reunían en los clubes de jazz y escuchaban fervorosamente a John Coltrane, a Albert Ayler. Yo, sin embargo, solo tenía oídos para el bebop, un estilo ya anticuado para esos años. Lo primero que escuché de Dexter Gordon fue una de sus grabaciones para el sello Savoy. En ella, Gordon es todavía un intérprete joven y audaz que se desenvuelve con gran arrojo y soltura, arrancándole al saxo tenor unos fraseos únicos, marca de la casa, mientras se bate en frenéticos duelos con su colega Wardell Gray, en temas como «The Chase». Dexter Gordon era para mí el gran héroe del jazz, aparte de Charlie Parker, y solo escuchar su nombre me producía una intensa emoción; sentía en sus sílabas el resonar de la atmósfera jazzística, su aroma, como el olor a pólvora que flota en el aire después de un disparo. Supongo que es como para un amante de los coches escuchar el nombre de Alfa Romeo.

El Dexter Gordon de su última época, sin embargo, nunca me interesó: en mi cabeza seguía siendo aquel joven saxofonista lleno de energía que ya poco tenía que ver con el Gordon maduro. Todavía escuché con entusiasmo sus discos de los años sesenta para la Blue Note, en los que se aprecia un ambicioso

cambio de estilo; pero después de eso dejé de escucharlo. Algo se había perdido por el camino: ya no encontraba aquella intensa emoción de antaño, ya no olía a pólvora...

En aquella época protagonizó la película *Round Midnight.* Sufrí viéndola. Sin entrar en discusiones sobre la calidad cinematográfica del filme, este constituye un doloroso retrato de la pérdida, porque en él nos damos cuenta de lo que las arenas movedizas del tiempo se han llevado consigo, dejando solo tras de sí un envoltorio inodoro. Nadie es culpable de ello, por supuesto. No hay *malos* en el relato.

A pesar de lo dicho —y para mi propia sorpresa—, voy a escoger un disco grabado en directo en 1976 para la discográfica Columbia, aunque podría señalar muchos otros discos suyos de mayor calidad técnica e interpretativa. ¿Por qué este, entonces, después de todo lo expuesto más arriba? Porque admiro el giro filosófico del Dexter Gordon anacoreta.

Tras una larga temporada fuera de Estados Unidos volvió a Nueva York para compartir el escenario del Village Vanguard con la banda estable de Woody Shaw y Louis Hayes —aunque sin la presencia de René McLean—, y deleitarnos de nuevo con una actuación electrizante y llena de pasión. Ese era nuestro hombre. ¡La pólvora volvía a oler!

DEXTER GORDON (1923-1990)

Nace en Los Ángeles. Durante la década de 1940 toca el saxo tenor en la orquesta de Billy Eckstine. Sus duetos con Wardell Gray, también al saxo tenor, alcanzan gran popularidad. En los años cincuenta, su actividad se estanca debido a su drogadicción. En 1962 se establece en Europa, y en 1963 graba *Our Man in Paris*. Su regreso a Estados Unidos, después de muchos años, viene marcado por la grabación en directo del doble elepé *Homecoming*, publicado en 1976. Pese a que su salud decae en los siguientes años, sorprende al público al protagonizar la película *Round Midnight*, en 1986.

Homecoming (Columbia PG)

Louis Armstrong

Con apenas once años, la policía lo detiene por diversos delitos menores e ingresa en un reformatorio en Nueva Orleans, una experiencia vital que para el pequeño Louis, tan apegado a su madre, fue muy dura. El descubrimiento de la música lo ayudó a sobrellevar la soledad, y a partir de entonces se convirtió para él en algo tan indispensable como el aire.

Entró a formar parte de la orquesta del reformatorio tocando la pandereta, después la batería, hasta que se pasó a la corneta. El chico que tocaba la corneta para marcar la hora de levantarse, de las comidas y de acostarse sufrió un percance, y llamaron urgentemente al pequeño Louis para sustituirlo. Louis aprendió enseguida a tocar aquel instrumento y cumplió de modo asombroso con la tarea asignada.

El hecho tuvo más trascendencia de la que se esperaba al principio. El cambio no les pasó desapercibido a sus compañeros. Desde que Louis asumió la tarea del toque de corneta, el humor entre los muchachos había mejorado: se levantaban con más ganas y se acostaban con mejor disposición. ¿A qué se debía? Lo cierto era que Louis le otorgaba a su toque una suavidad y una gracia de las que carecía el anterior corneta.

La anécdota —mencionada en el libro *Giants of Jazz* (1957), de Studs Terkel— me encanta, porque aglutina todo lo que supuso la música de Louis Armstrong, su espíritu alegre y pacífico, suave y espontáneo, y, sobre todo, su capacidad para transformar el corazón de las personas. La anécdota nos enseña que su *toque mágico* estuvo presente desde el principio.

Al escucharlo no puedo evitar pensar: «Este hombre toca con una alegría que le sale de dentro». Es una alegría contagiosa. Miles Davis lo admiraba como músico, pero desdeñaba su actitud

M. Wada 92

de *showman,* su sonrisa de oreja a oreja dirigida, desde el escenario, al público blanco. En mi opinión, era una sonrisa sincera, inevitable: surgía de la misma alegría que emanaba de él. No había falsedad en ella. Creo que se sentía afortunado de vivir como vivía, tocando música y recibiendo la atención y la admiración del público, y ello se expresaba en esa sonrisa amplia y de dientes blancos.

Fue uno de los últimos músicos de jazz que crecieron viendo desfilar las bandas de música por las calles de Nueva Orleans. Eran bandas cuya música cumplía una función eminentemente práctica al acompañar a las comitivas de los sepelios y aliviar el dolor de los presentes, tratando de insuflarles ánimo. Ese mismo fue el objetivo de la música de Louis Armstrong durante su vida: llegar al corazón de las personas.

Llamó a su trompeta *Chopper,* que significa «cuchillo de cocina». Recomiendo muchísimo escuchar su álbum de 1928 *West End Blues,* con su sonido grueso y contundente, para que entiendan hasta qué punto debía de tratarse de una trompeta fuerte y resistente, y hasta qué punto Louis Armstrong disfrutaba tocando su música.

Louis Armstrong (1901-1971)

Nace en Nueva Orleans. Tras su paso por la orquesta de Fletcher Henderson, en 1925 graba en Chicago su primer disco como solista. Las grabaciones con su banda a lo largo de la década de 1920 han pasado a la historia como la base de todo el jazz que vino después hasta nuestros días. «Satchmo» —uno de los apodos por los que era conocido— no solo fue un gran intérprete a la trompeta, sino tal vez el primer genio del jazz y un dotado cantante, cuya contribución al jazz fue incalculable.

A Portrait of Louis Armstrong 1928 (Cbs/Sony 20AP-1466)

Thelonious Monk

Hubo una época en que me sentí fatalmente atraído por la música de Thelonious Monk. Siempre que escuchaba ese sonido tan distintivo suyo —como de quien graba en hielo con un punzón— me reconfortaba pensando: «¡Esto es jazz! ¡Esto!».

Es una música cargada de aromas a café solo, a cenicero lleno de colillas y a soledad en algún lugar perdido de una gran urbe, a primer suéter del otoño, a novela de Georges Bataille o de William Faulkner. Y siempre agradezco la textura tímbrica de una vieja bocina JBL. Guardo esta imagen siempre conmigo, como si, de hecho, la hubiese visto en alguna buena fotografía de equilibrada composición y hermosa factura.

Se trata de una música obstinada y amable a la vez; intelectual e impetuosa a partes iguales, y que por alguna razón que no entiendo se me antoja siempre correcta y precisa en cada nota; una música que me llega con intensidad a ciertos recovecos de mi ser. Describiría la experiencia de escuchar su música como la de recibir la visita, sin previo aviso, de un hombre misterioso que deja un objeto fascinante sobre la mesa y, antes de poder decir nada, desaparece. Escucharlo era sumergirse en un misterio. Miles Davis y John Coltrane eran también músicos excepcionales, auténticos genios, pero no los acompañaba el misterio como a Monk, al menos en un sentido profundo.

¿A partir de qué momento perdió la música de Monk esa enigmática chispa original? ¿Cuándo desapareció el misterio? No sabría decirlo. *Underground,* uno de sus elepés tardíos, me gustó mucho, pero no guardo ningún recuerdo de qué hizo durante aquel periodo, antes y después de publicarlo. Para mí fue como si Monk hubiera ido desvaneciéndose, al mismo tiempo que se desvanecían también su misterio y su equilibrada precisión.

M. Wada '92

Y de esta forma llegaron los años setenta, un periodo profano y deslavazado sin igual.

Recuerdo haber comprado *5 By Monk By 5* —con ese llamativo título simétrico— en Marumi, una tienda de discos situada a poca distancia del santuario sintoísta Hanazono, en Shinjuku. Era un disco de importación, muy caro por lo que respecta a mis posibilidades económicas de aquella época. Había ido a comprar *Prestige,* de Red Garland. «¿Cómo es que a un chico tan joven como tú le interesa un disco tan aburrido?», me preguntó el viejo dueño. «¿Por qué no te llevas esto y lo escuchas con atención?» Sin demasiadas ganas, me lo llevé casi a la fuerza. Aquel hombre era un tipo raro.

Sin embargo, después de escucharlo tuve que darle la razón. Lo ponía muchas veces y nunca me cansaba de él. Todas sus notas, todos sus fraseos calaban en mí como un reconstituyente, y cada una de mis células lo absorbía, cual privilegio de juventud. Recuerdo que en aquella época a menudo pensaba en la música de Monk mientras caminaba por la calle, pero cuando trataba de explicarle a alguien por qué me gustaba tanto, no encontraba ni las palabras ni el modo de hacerlo.

Pensé que era una forma de soledad, una forma que no tenía nada de malo. Uno podía sentirse melancólico, pero no había nada de malo en ello. Tengo la impresión de que, en aquel tiempo, me gustaba entregarme en cuerpo y alma a clasificar las diferentes formas de soledad que experimentaba, mientras encadenaba un cigarrillo tras otro...

Thelonious Monk (1917-1982)

Nace en el estado de Carolina del Norte. En 1940 es contratado como pianista en el club Minton's Playhouse de Harlem, donde su talento musical empieza a llamar la atención. Graba su primer disco como solista en 1947. Compuso estándares del jazz como «'Round Midnight», «Blue Monk» o «Epistrophy». La atonalidad y la arritmia presentes en esos temas les otorgan un carácter musical único y de gran inventiva. A través de su música expresó la soledad como pocos lo han hecho.

5 By Monk By 5 (Riverside RLP-1150)

Lester Young

Supongo que no habrá discrepancias si afirmo que Lester Young, Coleman Hawkins y Ben Webster fueron los tres grandes saxofonistas tenores antes de la llegada del bebop. El fraseo temerario y ambicioso de Hawkins; el poético de Webster, meloso y directo, además de equilibrado; el lirismo suave pero atrevido de Young, de vuelos más libres..., todos ellos han resistido el paso del tiempo. Sin embargo, entre Hawkins, Webster y Young, me quedo con este último, por mucho.

Reparé en Lester Young por primera vez en un disco de Billie Holiday, editado por el sello Colombia en la segunda mitad de los años treinta. Los solos de Young en dicha grabación son soberbios, no hay discusión al respecto. Buscando entre los créditos, descubrí que el acompañamiento corría a cargo de la banda de Count Basie, y entre sus miembros —todos ellos músicos extraordinarios— quien se encargaba de los solos de saxo tenor era Lester Young.

Basta con escucharlo para comprender lo que digo. Era la época de las *big bands,* y no había saxo tenor que no tocara a pleno pulmón para destacar sobre todos los demás instrumentos. Lester Young era una excepción a la norma: tocaba con suavidad y delicadeza, con sentimiento, en definitiva, como si le estuviera hablando a uno personalmente. Rebasaba los patrones rítmicos establecidos y ampliaba los horizontes del jazz, en perfecta sintonía con lo que Billie Holiday estaba haciendo en el terreno del jazz vocal. Por desgracia, dicha ruptura con el modo en que hasta entonces se interpretaba dentro del jazz tuvo consecuencias para ambos. Ninguno de los dos poseía la entereza mental para soportar la presión que su propia originalidad les causó en la escena jazzística.

M. Wada 92

Así pues, pienso que la conmovedora colaboración entre Lester Young y Billie Holiday constituye el mejor legado musical del saxo tenor, pero, puesto que ya he seleccionado el mencionado disco en el capítulo dedicado a Holiday, voy a quedarme aquí con una grabación muy posterior: *Pres and Teddy,* un disco publicado por el sello Verve. Casualmente, también Teddy Wilson acompañó durante mucho tiempo a Billie Holiday y tuvo un papel relevante. Las grabaciones de Young para la Verve fueron, en general, desiguales en calidad, pero las dos sesiones de enero de 1956 en las que se reunió con Teddy Wilson para tocar, y que fueron inmortalizadas en *Pres and Teddy* y *Jazz Giants '56,* no tienen desperdicio. Todos los temas son magníficos. Es imposible olvidar la cálida y colorida interpretación de Lester en la balada «Louis». Uno tiene la impresión de que la música lo atraviesa y fluye por todo su cuerpo, y se transmite al espacio circundante.

«Su música era extraordinaria, pero el instrumento con el que tocaba era... una aberración», dijo alguien sobre él, recordándolo. «No solo era barato, sino que además estaba plagado de gomas elásticas y piezas sujetas con pegamento y chicle. ¿Cómo era posible que una música tan asombrosa naciera de algo así?» De las anécdotas que se cuentan acerca de Lester Young, esta es quizás la que más me gusta. Sí, es esta, con seguridad.

LESTER YOUNG (1909-1959)

Nace en el estado de Mississippi. En 1933 entra a formar parte de la banda de Bennie Moten, y a partir de 1936 se convierte en un miembro habitual de la banda de Count Basie al saxo tenor y alcanza reconocimiento con su estilo lírico y sosegado. Acompaña en muchas ocasiones a Billie Holiday. Él la llama «Lady Day», y ella a él «Pres» (presidente). Durante el servicio militar sufre un trato cruel que acaba derivando en depresión y, como consecuencia de ello, en alcoholismo y adicción a las drogas, con un fuerte impacto negativo en su vida.

Pres and Teddy (Verve MV-2507)

Sonny Rollins

Trataré de explicarlo de la manera más sencilla posible: en aquellos tiempos en que el jazz era el rey indiscutible en las ciudades, hubo un músico que destacó por su elegancia y que elevó el saxo tenor a unos niveles de refinamiento y de estilización inéditos hasta la fecha. Me estoy refiriendo a Sonny Rollins. Él y John Coltrane dotaron al instrumento de la singular exquisitez que hoy día asociamos al sonido del saxo tenor, y si bien Miles Davis, Art Blakey y Cannonball Adderley gozaban también de una considerable popularidad, solo cuando Rollins o Coltrane tocaban, su música se alzaba con una fuerza sonora inigualable e imposible de replicar con ningún otro instrumento.

Muchas son las virtudes que se le pueden atribuir a Sonny Rollins, pero si se me pide que destaque una, diría que es la prodigiosa nitidez con la que aborda los viejos temas de jazz, los llamados «estándares», y la manera que tiene de reinventarlos con su saxo. En esto no hay quien lo iguale. Basta con que toque unas pocas notas iniciales para que te envuelva y te arrastre a ese mundo suyo de nostalgia; después, desarrolla el tema con paciencia y lentitud, y lo reconstruye a su antojo, lo agarra y lo suelta, lo deja suelto y vuelve a sujetarlo, para terminar apuntalando bien la estructura. Y, entonces, te lleva a otro lugar. Mantiene la pauta hasta cierto punto, pero se desvía de un modo ágil, con un estilo que siempre me ha resultado cautivador y fascinante; de una manera que no estaba al alcance de un músico de talante más *lógico*, como John Coltrane.

Da la impresión de que Rollins tocaba sin un plan previo, sin un esquema preconcebido: elegía la canción o el tema musical, se situaba frente al micrófono, se arrancaba con las primeras notas y ejecutaba lo que iba viniéndole a la cabeza, deconstruyendo

M. Wada 99

de forma admirable el tema. Esto es algo que solo puede hacer un genio.

Coltrane, por el contrario, iba apilando cada tema musical sobre el anterior, haciéndolos dialogar entre sí en perfecta progresión ascendente, escalón a escalón, como una escalera musical. Por el contrario, Rollins nos impulsa con una fuerza completamente intuitiva, y en un suspiro nos levanta en elevador hasta el trigésimo sexto piso; nada de escaleras, basta con una sacudida certera que le entra a uno hasta el tuétano.

Tuve la suerte de escucharlo en un club de jazz en Boston. En el apogeo de una interpretación heroica se embarcó en un solo improvisado de más de media hora, y todavía nos dejó la impresión de que podría haber seguido con holgura durante unos minutos más. No recuerdo cómo fue el solo, no recuerdo sus fraseos, pero aquello no era humano.

Aunque el común de los mortales agradece la existencia de semejantes genios, para el propio Rollins su extraordinario talento le supuso a menudo una fuente de sufrimiento y problemas, hasta el punto de empujarlo a retirarse de la música en diversas etapas de su vida.

Precisamente, de entre sus álbumes, el que escucho con mayor deleite es *The Bridge,* grabado y publicado justo después de regresar a la actividad tras su periodo sabático más largo. Con esa dinámica verticalidad de su sonido, la impalpable sensibilidad de cada nota y la introspección a veces oscura que concitaba, sin perder velocidad de ejecución..., nadie había tocado como lo hacía él. Si bien en su álbum *Saxophone Colossus* ya había alcanzado niveles altísimos de maestría con el saxo, quienes siguieron su desarrollo artístico posterior ven en *The Bridge* la creación de un mundo propio en el que brilló con todo su esplendor, con un grado de perfección que lo deja a uno perplejo. En este sentido, quizás *The Bridge* no sea su obra cumbre, pero a mí me estimula y me insufla ánimos de una manera difícil de explicar, con una contundencia que me llega directa al corazón.

Sonny Rollins (1930)

Nacido en Nueva York, es el último gigante del jazz moderno todavía vivo. A lo largo de la década de 1950 dominó la escena jazzística junto a Miles Davis, y en 1956 lanzó *Saxophone Colossus,* un disco aclamado por la crítica que se convertiría en hito del jazz moderno. A su estilo vigoroso a menudo se lo conoce como «el toque Rollins». Es un perfeccionista de la improvisación, un aspecto interpretativo que aborda con toda el alma. Su búsqueda de la perfección lo ha llevado a abandonar la actividad profesional en varias ocasiones, para regresar más tarde. Su hechizo sigue siendo único.

The Bridge (Rca Victor LPM-2527)

Horace Silver

Siendo estudiante de bachillerato, ahorré dinero para hacerme con el álbum *Song for My Father*. Mi novia y yo nos acercamos a una tienda de instrumentos japoneses tradicionales ubicada en la avenida Motomachi, en Kōbe, y compramos aquella pesada copia de importación, completamente nueva y con el plástico protector intacto. La dirección de la discográfica Blue Note, editora del disco, estaba impresa en la funda: avenida 41, distrito 61 de Nueva York.

Mi novia alabó el diseño de la cubierta a pesar de no estar familiarizada con el jazz, y recuerdo con nitidez que era un día despejado de otoño, con nubes lejanas y dispersas a gran altura en la bóveda celeste. Sin duda, la compra de aquel elepé me dejó una impresión indeleble.

Por aquel entonces, Blue Note no editaba discos directamente en Japón, y uno solo podía hacerse con copias de importación, a un precio elevado: dos mil ochocientos yenes (un dólar equivalía a trescientos sesenta yenes), todo un lujo para un estudiante de bachillerato, teniendo en cuenta que un café costaba sesenta yenes. Así pues, cada vez que adquiría un disco lo escuchaba de corazón y concentrándome al máximo para no perderme una sola nota, como hacía el perro del sello discográfico Victor, con su cabeza casi hundida en la corneta del tocadiscos; y por supuesto trataba el vinilo con sumo cuidado, con tanto primor como trataba a mi novia. Lo tomaba en mis manos, lo olía y lo miraba centímetro a centímetro.

Para mí, cada disco era un tesoro, un valiosísimo boleto de entrada a otro mundo. ¿Habrá alguien hoy en día que abrace la carcasa de plástico de los cedés como hacíamos nosotros con las fundas de los vinilos, por muy enamorado que esté de la música que contengan?

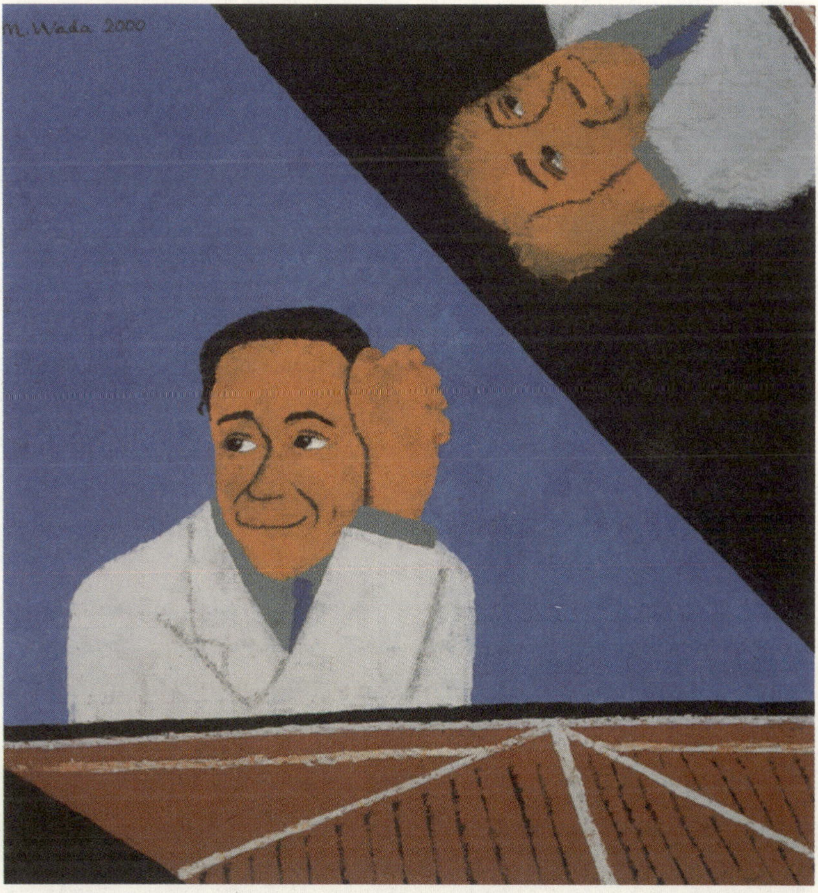
M. Wada 2000

«Song for My Father», el tema que daba el título al disco, poseía la extraña originalidad de ser rítmicamente una *bossa nova* que se arrastraba con pegajosa lentitud, y de tener una melodía asordinada que lo alejaba del sonido refinado de *bossa nova* urbana que Stan Getz popularizaba en aquella época. En palabras de Horace, se trata de un homenaje a los tiempos en que, siendo un niño, sus vecinos se reunían para tocar música. Entre ellos se encontraba su padre, originario de Cabo Verde, entonces todavía territorio portugués. Así pues, el aroma de las calles de su ciudad permea cada nota de ese mundo propio de Horace Silver, que ni es hard bop ni es funk, aunque tenga parte de ambos, y que se va desarrollando de manera brillante, como por arte de magia, con su melodía pegadiza pero sin asomo de banalidad.

El sonido áspero y afilado del saxo tenor de un joven Joe Henderson recorre «Song for My Father» y se le mete a uno dentro. Vale la pena, también por ello, prestarle atención.

He puesto este disco una infinidad de veces y nunca me canso de escucharlo. También tengo el cedé, que incluye temas inéditos, pero siempre me decanto por el sonido del elepé, que es el que de verdad me mueve por dentro.

Ahora también, al bajar la aguja y escuchar las primeras notas de ese inicio tan reconocible, se me acelera el corazón por la emoción. Y lo mismo me pasa cuando arranca la canción «Rikki Don't Lose That Number», de Steely Dan, a quien se la toma prestada.

Horace Silver (1928-2014)

Nacido en el estado de Connecticut, se lo considera el principal impulsor de la corriente del funky jazz y uno de los grandes pianistas y compositores del sello Blue Note. Su grabación de «Opus the Funk» en 1953 supuso el inicio del funky jazz y el reconocimiento para Silver como genio de la melodía. En 1956 formó su propio quinteto, contribuyendo más aún a la difusión del funky jazz. Por el disco que mejor se le recuerda es precisamente *Song for My Father*.

Song for My Father (Blue Note BST-84185)

Anita O'Day

Si alguien me preguntase cuál es la mejor cantante blanca de jazz, después de Billie Holiday, enseguida me vendría el nombre de Anita O'Day, sin por ello desmerecer la calidad de Chris Connor, June Christy o Helen Merrill. El talento de todas ellas es obvio, pero personalmente me quedo con O'Day.

Lo que en mi opinión la hace única es su sensibilidad jazzística: ¡todo lo que canta lo convierte en jazz! No se complica. Va al grano. Es concisa y directa. Esa es la clave, por encima de su indudable talento escénico y su sensibilidad femenina. Su fraseo es frío a veces y su voz de textura áspera, a ratos estridente. No posee una voz envidiable y, aun así, se produce la magia: su voz es jazz. Por lo que a mí respecta, me encanta ese «aun así...».

Otras cantantes me arrastran y seducen hasta el desmayo cuando cierro los ojos. Con Anita, sin embargo, eso no me ocurre. Para bien o para mal... Quizás tenga que ver con su personalidad, pero en su música no hay niebla, no hay desmayo; todo es claro y límpido; determinado, bien enfocado. Su voz no se anda con ambages, toma una dirección u otra, no hay en ella ambigüedades. En ocasiones se vuelve tan nítida que se diría que exprime al máximo la música. Comprendo que ello cree división de pareceres entre los aficionados al jazz. A unos les gusta, a otros no.

Como cantante, a O'Day le influyó muchísimo Billie Holiday, que también perseguía la nitidez y ahuyentaba la bruma en su interpretación, y resaltaba la musicalidad del tema en toda su pureza, para sumergirse a través de una serie de capas hasta las profundidades más ignotas del corazón; aunque, para ser justos, debemos admitir que esta era una habilidad que Holiday

M. Wada 97

poseía en mucha mayor medida que O'Day (y que prácticamente cualquier otra cantante).

Sin embargo, esa musicalidad concisa de O'Day, ese *ir al grano* con que abordaba su trabajo vocal me llega al corazón. El mejor ejemplo que se me ocurre para ilustrar lo que digo es la famosa escena de la película *Jazz on a Summer's Day,* en la que interpreta el tema «Sweet Georgia Brown». La actuación, grabada en directo, transcurre durante el mediodía, a pleno sol, en las circunstancias menos propicias para disfrutar del jazz, pero poco a poco el público asistente, que al principio la recibe con languidez y apatía, bajo un sol de justicia, va entusiasmándose y dejándose seducir por su voz. La impronta de ese estilo vocal tan suyo, lleno de tensión y de resolución, se muestra en su punto álgido en esta interpretación. Quizás no podía llegar más alto. De lo que no cabe duda es de la originalidad y humanidad de su estilo. Esa escena de *Jazz on a Summer's Day* bastó para hacer de ella una leyenda del jazz.

Es una pena que no fuera capaz de mantener aquel nivel que exhibió en *Jazz on a Summer's Day,* esa tensión vocal tan particular con que hechizó a todos. Años después, su carrera sufrió un notable deterioro debido a la adicción a las drogas y a problemas mentales; pero lo que nadie podrá poner en duda es esa impronta rebosante de sinceridad y autenticidad que dejó en la música. De entre todos sus temas, mi favorito es «Loneliness Is a Well», el poco conocido tema de Joe Albany, grabado con un trío de piano al acompañamiento, en un pequeño club de jazz de Chicago. Su interpretación aquí me llega al alma.

ANITA O'DAY (1919-2006)

Natural de Chicago (aunque también se afirma que nació en Kansas City). Comenzó su actividad en la primera mitad de los años cuarenta como cantante de la orquesta de Gene Krupa y, más tarde, de la de Stan Kenton, entre otras. «Let Me Off Uptown» la dio a conocer entre el gran público. Tras iniciar su carrera en solitario, unió fuerzas con el productor Norman Granz y alcanzó un notable éxito en los años cincuenta. Fue una de las cantantes blancas de jazz de mayor reconocimiento artístico. Su voz seca y sedosa, cautivadora y llena de modernidad, ha ejercido una apreciable influencia en la escena jazzística mundial.

Anita O'Day at Mister Kelly's (Verve MGB-2113)

The Modern Jazz Quartet

El *ivy style* era como se conocía la moda masculina predominante en mi época de estudiante de secundaria, y apenas era posible salirse de los parámetros que marcaba. Dentro de estos parámetros, la elegancia de los cuatro componentes de The Modern Jazz Quartet era el *summum,* algo que admirábamos con entusiasmo.

Muchos de los músicos de jazz de la época tendían a una vestimenta informal y descuidada, se entregaban a las drogas y llevaban una vida decadente y de autodestrucción. Los chicos de The Modern Jazz Quartet, por el contrario, vestían de forma impecable traje oscuro, estilo Brooks Brothers, camisa blanca abotonada al cuello y corbata de seda, además de la barba pulcramente recortada. Eran bien parecidos e inteligentes y su actitud sobre el escenario se mantenía impertérrita, cual profesores universitarios en la tribuna. Puede que esa imagen respondiera a una estrategia consciente ideada por su miembro principal, John Lewis, pero aunque así fuera, no importa en absoluto, porque en elegancia no los igualaba nadie. Ya quisiera yo... Hoy en día, Wynton Marsalis es un digno seguidor de dicho estilismo y lo vemos subirse al escenario enfundado en prohibitivos trajes de alta costura italiana, pero no alcanza ni mucho menos el impacto que causaban por aquel entonces los cuatro componentes de The Modern Jazz Quartet, tanto por su imagen como musicalmente. Eran afroamericanos, sí, pero podrían haber sido japoneses, a juzgar por el talante exhibido sobre el escenario. Tenían un estilo japonés, si se me permite expresarlo así, y, desde luego, despertaban una merecida admiración que no era casual: venía de un solemne respeto que sabían ganarse con creces gracias a la clase que proyectaban.

Aunque pueda parecer paradójico: la fuerza de The Modern Jazz Quartet, en cuanto cuarteto, residía en su fracaso como cuarteto, en su falta de homogeneidad. Si contemplan una actuación en directo, sabrán a qué me refiero. Tres de ellos aguantaban el tipo, eran fieles a la misión encomendada, a su sonido colectivo; pero el cuarto, Milt Jackson, se desataba poco a poco. Durante su solo iba tomando impulso hasta desmelenarse, aflojarse el nudo de la corbata y zafarse de la chaqueta —metafóricamente hablando, claro—, asumiendo todo el swing y haciendo suya la actuación. Los otros tres, impasibles e indiferentes a los derroteros tomados por Jackson (al menos en apariencia), mantenían la compostura, el rostro impenetrable y el ritmo inmutable. Después, como si nada hubiera ocurrido, Jackson vuelve a recobrar la calma —a ajustarse la corbata y ponerse la chaqueta, metafóricamente hablando—. Ese es el patrón que siguen en sus actuaciones. El caso es que esa especie de trance, esa efímera ruptura del orden por parte de Milt Jackson, generaba un contraste enorme y resultaba de lo más emocionante. Se trataba de una acción de incuestionable espíritu jazzístico. Tanto es así que llegaron a mantenerse en activo durante más de veinte años, sin que la sustitución puntual de uno de los miembros dañara la calidad musical del conjunto.

Por descontado, nada en este mundo es para siempre y llegó el momento en que The Modern Jazz Quartet perdió su originalidad; la propuesta musical y escénica se volvió repetitiva y previsible, y los cuatro miembros emprendieron sendos caminos en solitario. Sin embargo, cuando veo películas de los años sesenta y con música de fondo de The Modern Jazz Quartet, me siento tonificado y rejuvenecido, como si en su música aleteara un espíritu de libertad y lozanía que me saca de inmediato de mi sopor y entumecimiento vital. Eso es jazz, precisamente, y al escucharlo no puedo evitar erguirme para sentarme de forma correcta. Los cuatro miembros de The Modern Jazz Quartet eran bastante taciturnos, pero con su arte, no cabe duda, comunicaban todo lo que necesitaban comunicar.

The Modern Jazz Quartet

Sus cuatro miembros se iniciaron como grupo de acompañamiento en la orquesta de Dizzy Gillespie y comenzaron su carrera independiente en 1952, bajo la responsabilidad de Milt Jackson y John Lewis en las labores de composición y arreglos musicales, con el propio Lewis al piano, Milt Jackson al vibráfono, Percy Heath al contrabajo y Kenny Clarke a la batería. Los caracterizaba una especial sensibilidad para adaptar viejos temas tradicionales europeos. Sus discos más representativos son *Django* y *Concorde*.

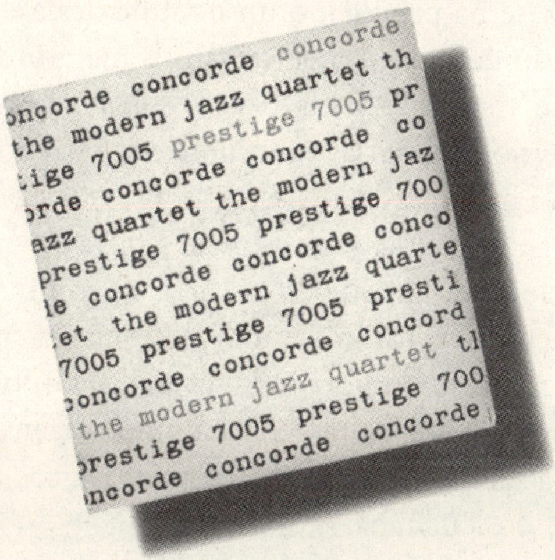

Concorde (Prestige 7005)

Teddy Wilson

Cuando era joven escuchaba a Teddy Wilson con auténtico fervor y coleccionaba sus discos. Por entonces era raro encontrar a un joven de poco más de veinte años que escuchase a un músico como Teddy Wilson con el interés con que yo lo hacía. Sin embargo, a medida que dejé de frecuentar los locales a los que solía acudir, también dejé de escuchar su música, porque en ellos —y no tanto en casa— solían tenerlo como música de fondo, mientras tomaba algo; en ellos me quedé prendado de su música y aprendí a reconocer su encanto.

Si bien nunca me he cansado de escucharlo, no está de más reconocer que se ha producido un notable desfase entre su música y el mundo de hoy —o en términos maratonianos: aquella ha perdido de vista la espalda de este—. En otras palabras, al mundo moderno le falta la tranquilidad y el reposo necesarios para prestar un mínimo de atención a una música como la suya.

Sin embargo, no diría que su música haya envejecido ni que haya dejado de valer la pena escucharla; al contrario, como testigo de un tiempo perdido, resulta de especial interés hoy en día. La calidez de su sonido todavía me reconforta; me basta con oír algunas de sus notas en cualquier lugar para que despierte en mí aquel joven solitario de veintipocos años que con tanta efusión lo escuchaba.

El particular encanto de Teddy Wilson radica, en gran medida, en su carácter interpretativo al piano, a pesar de carecer del arrebatador talento para la improvisación de Art Tatum y sin la aguda capacidad innovadora de Bud Powell ni el estilismo enérgico de Thelonious Monk. El punto fuerte de Teddy Wilson se hallaba en su capacidad para crear atmósferas intimistas y llenas de suavidad, un talento en el que nadie lo igualó.

M. Wada 99

Quien domina el lenguaje es, ante todo, alguien que sabe escuchar. Estas palabras que he oído alguna vez se aplican perfectamente a Teddy Wilson. Su piano no solo hablaba, su piano escuchaba; atendía al sentir del público y lo incorporaba al cálido flujo de sus notas, con una profundidad musical que alcanzaba el corazón de quienes lo escuchaban, como si entre estos y el piano hubiera llegado a establecerse un diálogo sin palabras. Por eso, a menudo se ha dicho que su música tiene una especial cualidad humana, incluso sanadora. Hay también quien en ocasiones le critica ser demasiado repetitivo, pero yo a esas personas suelo contestarles que Teddy Wilson es insustituible e inimitable, y que es lógico que toque como solo él sabe hacerlo.

El disco que más me gusta de entre los que grabó con su trío de piano es *Mr Wilson. The Fabulous Teddy Wilson at the Piano*, grabado para el sello discográfico Columbia, donde cada tema es un remanso de paz, algo que ni sus críticos podrán encontrar al mismo nivel en ningún otro pianista.

Teddy Wilson (1912-1986)

Nace en Texas. Tras sus comienzos como pianista en Chicago y en Nueva York, forma un trío junto a Benny Goodman y Gene Krupa, en el que él era el único componente afroamericano. Fue la primera formación jazzística interracial y el asunto no pasó desapercibido. Colaboró con figuras importantes del swing —estilo en pleno apogeo por aquella época—, entre las que se encontraba Billie Holiday. Posteriormente, ejerció como profesor de música y desarrolló una amplia actividad musical, incluso giras por Europa. En el recuerdo de los aficionados ha quedado como una de las grandes leyendas del piano.

Mr Wilson. The Fabulous Teddy Wilson at the Piano (Columbia CL-748)

Glenn Miller

En el cénit de su exitosa carrera musical, el avión en que viajaba Glenn Miller para tocar para las tropas estadounidenses en Francia durante la Segunda Guerra Mundial desapareció sin dejar rastro cuando atravesaba el canal de la Mancha. Su muerte, por tanto, se vio envuelta en un inevitable halo de leyenda, retratado y sustentado posteriormente en la película biográfica protagonizada por James Stewart en el papel del músico. Glenn murió de manera prematura, pero su música sobrevivió a su muerte.

Quizás no sea del todo apropiado ubicar su música bajo la etiqueta de jazz. Resultaría más correcto referirse a ella como *música de baile* a la que, por similitudes, se le puede aplicar la muletilla del jazz. En sus temas no se aprecia la frescura innovadora de Benny Goodman —con quien compartía los máximos índices de popularidad de la época— ni las cadencias rítmicas propias del swing —al menos no se perciben en su legado fonográfico—. Hay, a lo sumo, un ritmo elegante, cual brisa que agita finas cortinas de encaje. Su orquesta estaba formada por músicos de reconocida solvencia, pero no de los que ejecutaran solos que pudieran dejarlo a uno boquiabierto. Por lo tanto, Glenn Miller es un músico apenas recordado por los aficionados al jazz. Pese a ello, en algunos de los discos grabados por su orquesta se percibe un estilo singular, de gran belleza y calidad. Creo que esto es innegable. También debió de ser una música muy apreciada por los enamorados de su época. Estos no debían de plantearse si aquello que escuchaban podía calificarse como jazz, porque era simplemente el tipo de música adecuado para poder bailar bien abrazados a primera hora de la noche. Es decir, el auténtico swing estaba en sus corazones.

M. Wada 99

Recuerdo un programa musical de la radio de Kōbe, en los primeros años de mi adolescencia: durante dos horas, cada noche, los oyentes podían llamar para solicitar temas de música popular. Entre los habituales, como Elvis Presley o Bobby Darin, se mezclaban a menudo temas de Glenn Miller. No era raro escuchar «A String of Pearls» o «In the Mood» después de «Hound Dog». Lo que no sé es si se escuchaba algo similar por todo el país o era una cosa particular de Kōbe. Lo que sí puedo afirmar es que, a principios de la década de 1960, la música de Glenn Miller era considerada música popular.

Por eso me cuesta pensar en su música como parte de un pasado remoto. La recuerdo con nostalgia como algo todavía vigente cuando era joven. Si algún día hicieran una película de mi primera novela, *Escucha la canción del viento,* me gustaría que «Moonlight Serenade» sonara junto a los títulos de crédito. Dicho tema posee una extraña atmósfera intemporal, como aislada en una bolsa de aire; y así es como recuerdo el Kōbe de mi infancia y de mi adolescencia, como una ciudad aislada de toda época, de todo lugar.

En 1961, los antiguos miembros de la orquesta de Glenn Miller se reunieron para reproducir una vez más el gran sonido de Miller y grabar el disco *Music Made Famous by Glenn Miller*. Entre ellos se encontraban Ray Eberle, Tex Beneke y The Modernaires. Escuchar esa música en un atardecer de verano mientras uno disfruta de una copa de Chablis resulta todo un placer. Se le puede disculpar no tener swing.

Glenn Miller (1904-1944)

Nace en el estado de Iowa. Toca el trombón. En la época de esplendor del swing alcanza una fama sin precedentes como director de *big band*. Su música, agradable y de arreglos floridos, se convierte en el genuino sonido americano. En 1937 forma su propia orquesta, y a partir de entonces se suceden los éxitos: «Moonlight Serenade», «In the Mood», etcétera. En 1942 se alista en el ejército y recorre diversos lugares ofreciendo conciertos a las tropas estadounidenses. Muere al estrellarse su avión en el canal de la Mancha. En 1954 se estrenó la película biográfica *Música y lágrimas* («The Glenn Miller Story»).

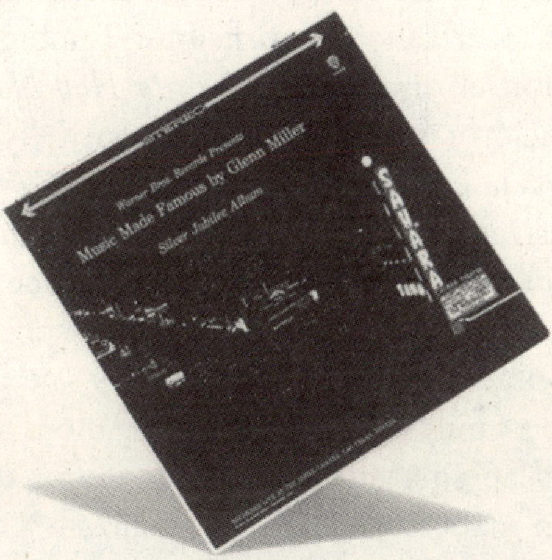

Music Made Famous by Glenn Miller. Silver Jubilee Album
(Warner Bros. WS1468)

Wes Montgomery

La primera vez que escuché a Wes Montgomery me llamó la atención que su manera de tocar la guitarra no se parecía en nada a la de ningún otro guitarrista. Tanto el tono como la técnica me parecían de una frescura excepcional, y lo mejor de todo es que nada de ello se veía premeditado ni resultado de un análisis sesudo, sino fruto de una naturalidad y una libertad asombrosas. Eso fue lo que verdaderamente me impresionó, y creo que nunca he dejado de admirarlo como aquella primera vez.

Esa frescura y esa naturalidad de las que hablo pueden apreciarse, en todo su esplendor, en el disco grabado en directo *Full House,* en el que colabora Johnny Griffin al saxo tenor con esa manera suya de tocar cálida y sin fisuras. También me parece digno de mención el disco *Smokin' at the Half Note,* resultado de una colaboración con el trío de Wynton Kelly. El disco es maravilloso, pero la colaboración entre Wes y Wynton resulta abigarrada, excesivamente aderezada, si se me permite la expresión. Ambos músicos tienen estilos muy particulares que, al superponerse, acaban empalagando. Aquí es donde, precisamente, la colaboración entre Griffin y Wes sale airosa, al sonar como dos voces muy diferentes entre sí. Ambos tonos —duro como un *onigiri* apelmazado el del saxo tenor de Griffin, y amable y rico en matices el de Wes— dialogan y se estimulan uno al otro de manera armoniosa. Este disco también cuenta con la presencia de Kelly al piano, pero aquí, como siempre que se limita a acompañar y permanecer en la retaguardia de los solistas, hace gala de un tacto exquisito y cautivador.

Cuando Wes consigue abrirse un hueco en la escena musical y se hace famoso con un estilo propio, apenas volverá a tocar

junto a una sección de viento metal. Sin embargo, al inicio de su carrera grabó algunos discos con los hermanos Adderley y con Harold Land; pero en sus trabajos en solitario, solo en su elepé *Full House* se hizo acompañar por una sección de viento metal. Por otro lado, en sus grabaciones recurrió a menudo a un órgano o incluso a una *big band* como acompañamiento. Quizás fuese buscando un sonido cada vez más denso, más grandioso, y también puede que considerase que el trabajo con otros solistas podía limitar, en cierta medida, su libertad interpretativa. En cualquier caso, la fantástica combinación entre guitarra y saxo exhibida en colaboración con Griffin, unida a aquel discreto acompañamiento que tan amplio margen de maniobra les daba a ambos solistas, es una prueba de que una formación de ese tipo puede ser muy emocionante.

También colaboró con Jimmy Smith. Un verdadero lujo, sin duda, como todo lo que grabó para la CTI. El álbum con Jimmy responde a una estrategia comercial, pero eso no le quita ni un ápice de su encanto. Sin embargo, no puede negarse que su música fue haciéndose cada vez más previsible, más acomodada, y que habría sido deseable que un músico de su clase, de su talento y generosidad, nos hubiera deleitado con más momentos sublimes a medida que avanzaba su carrera; pero, de todas maneras, no es mi intención ponerme demasiado exigente: quizás Wes simplemente se dejaba llevar por su espíritu de libertad.

Según ciertos apuntes biográficos, hacia 1961 se reunió con John Coltrane en la Costa Oeste para dar varios conciertos. Por desgracia, no existe ningún registro fonográfico de esas actuaciones. ¿Cómo sonarían juntos? Me habría encantado poder escucharlos.

Wes Montgomery (1923-1968)

Nace en Indianápolis. Con veinticinco años aproximadamente desarrolla su particular técnica de usar el pulgar en vez de una púa y de tocar dos notas al mismo tiempo a una octava de distancia. Gracias a Cannonball Adderley, que lo descubrió en 1959, consiguió que lo contratara el sello Riverside. En 1960 se convierte en una de las figuras más relevantes del escenario jazzístico con su elepé *The Incredible Jazz Guitar of Wes Montgomery*. Uno de sus álbumes posteriores de mayor repercusión fue *Full House*. Murió de manera repentina de un ataque al corazón.

Full House (Riverside RLP12-434)

Clifford Brown

A tenor del prodigioso legado discográfico de Clifford Brown, me inclino a pensar que ningún otro músico ha alcanzado niveles tan altos de intensidad artística como él: la calidad de cada uno de sus álbumes es apabullante, técnica y emotivamente. Además, fue un gran innovador. Y todo lo hizo en un brevísimo periodo de tiempo: solo grabó conciertos a lo largo de cuatro años, pero esa breve etapa le bastó para afianzar la categoría de su arte. Murió en un accidente de tráfico, en el apogeo de su carrera. No consumía drogas, cosa rara en los ambientes jazzísticos de aquella época, y sin embargo, ironías del destino, no sobrevivió a sus contemporáneos. No creo que sea acertado argüir que vivió demasiado rápido: simplemente, hay personas que, desde el principio, parecen predestinadas a dejarnos demasiado temprano.

Mi elepé favorito de su discografía es *Study in Brown*. Lo compré cuando era estudiante, en una edición japonesa, y lo escuchaba con intenso deleite. Hace algunos años encontré una edición original del álbum, de segunda mano, en una tienda de discos de Boston. Solo costaba tres dólares con noventa y nueve centavos, de modo que me hice con él. El hallazgo me causó una enorme alegría. ¿Cómo podía estar a ese precio semejante tesoro? Y lo mejor de todo fue que la grabación tenía una calidad increíble. No puedo reprocharle nada a mi modesta edición japonesa, pero el original es, desde luego, otra cosa. Parecía que me hubiese quitado un velo de los ojos. Ciertamente, al escucharlo me da la impresión de que Clifford Brown se encuentra tocando a apenas unos metros de mí. Poseer ediciones originales no es algo que me obsesione lo más mínimo, pero no hay duda de que de vez en cuando uno se lleva una grata sorpresa.

La música de Clifford Brown contiene todos los buenos elementos que definen el jazz como género musical. Tanto es así que parece un milagro. Cualquier buen aficionado al jazz sabrá apreciar lo que digo.

Y, sin embargo, nunca he encontrado a nadie que se declare ferviente admirador de la música de Clifford Brown. Yo mismo tampoco puedo afirmar que sienta un auténtico fervor por ella. Lo admiro muchísimo, pero me cuesta emocionarme por completo, en cuerpo y alma, con su música. ¿Por qué? Quizás porque en su música no llegamos a encontrar las paradojas de la naturaleza humana, sus sombras, sus debilidades, sus excesos, su desorientación; porque lo cierto es que, en la mayoría de los casos, en el arte no buscamos la lógica, sino adentrarnos en un mundo que la trasciende, y donde a menudo encontramos decadencia, desorden y depravación.

Nada podemos reprocharle a Clifford Brown. No pudo hacer más de lo que hizo. Fue al grano. Ni musical ni personalmente tuvo tiempo para andarse con rodeos. La muerte lo acechaba y le exhalaba en la nuca su frío aliento, pero su música se eleva con toda autoridad en algún lugar situado más allá de todo fervor humano, y nosotros, ante ella, solo podemos adoptar una actitud reverencial.

Clifford Brown (1930-1956)

Nace en Delaware y es conocido por el cariñoso apodo de «Brownie». Fue descubierto por Fats Navarro y Dizzie Gillespie; a partir de 1951 forma parte de varias bandas. En 1954 crea junto con Max Roach un quinteto con el nombre de Clifford Brown and Max Roach Quintet, que pasará a la historia del jazz moderno pese a su corta trayectoria. Un accidente de tráfico siega su vida a los veinticinco años. Aun así, llega a grabar para el sello discográfico EmArcy varios discos que han quedado como obras maestras del jazz. Tocó en numerosas ocasiones acompañando a cantantes solistas, como en el famoso elepé que grabó junto a Helen Merrill.

Study in Brown (EMArcy MG-36037)

Ray Brown

Tanto el público como los críticos están de acuerdo en que la combinación de una técnica depurada y la pureza de su espíritu jazzístico es lo que hace del contrabajista Ray Brown un genio. «Sí, todo el mundo dice que es un genio, pero, exactamente, ¿qué le ha hecho ganarse tal reputación entre los entendidos?», se preguntan los neófitos, acompañando sus palabras con un mohín de incredulidad. Si lo juzgamos desde los parámetros actuales, cuando abundan los bajistas que «tocan su instrumento con la misma soltura que si fuera una guitarra» (como afirmó Bill Crowe en algún lugar), Ray Brown pierde brillo... hasta cierto punto.

Lo primero que debería tenerse en cuenta es que en la época del sonido bop los amplificadores eran todavía muy precarios y que los contrabajistas tenían que arreglárselas con sus propios medios para subir el volumen y la potencia del sonido de sus instrumentos con el fin de que pudieran oírse entre los demás. Un procedimiento habitual para subir el volumen era incrementar la altura del puente del instrumento. Eso, sin embargo, obligaba al músico a presionar las cuerdas con mayor fuerza, de modo que interpretar fraseos rápidos y complicados se volvía una proeza casi imposible. Oscar Pettiford o Charles Mingus también fueron unos magníficos contrabajistas *técnicos* en aquella época anterior a los amplificadores modernos. Como lo fue, por supuesto, Ray Brown.

Entrada la década de 1960, tanto la calidad de los amplificadores como las técnicas de grabación se desarrollaron a pasos agigantados, y Scott LaFaro transformó la manera de abordar la interpretación en el contrabajo. A pesar de que todo cambió a partir de entonces, todavía hoy podemos admirar la seriedad y

la dedicación de los contrabajistas hacia su trabajo. Como Pettiford y Mingus murieron mucho antes que él, Ray Brown fue durante mucho tiempo el último representante de aquella época. «¡Este es el verdadero contrabajo de jazz!», exclamaría asombrado quien tuviera la fortuna de verlo tocar en directo.

No hay en su estilo adornos superfluos. Toca con una profesionalidad incuestionable: «Es mi trabajo», parece decirnos. Y esa es la impresión que da. Lo suyo es mantener el tipo, no alardear de virtuosismo, aunque aproveche los solos para soltarse un poco de vez en cuando, cual orador serio que ocasionalmente gusta de soltar alguna gracia. El contrabajista, naturalmente, debe marcar el ritmo como si lo grabara en piedra, y ser el mojón que marca las lindes e indica a los demás músicos el lugar en que se encuentran en cada momento. Su labor es esa. Cualquier leve desvío de esa tarea no constituye, para él, más que un servicio extra; un servicio que, en cualquier caso, realiza con gusto. Al escucharlo uno comprende que el jazz se ha establecido como género musical y que forma parte de nuestras vidas. Hemos de admitir que solo un genio puede mostrarnos algo así.

Escucharlo en aquella época en que era un héroe en la primera línea del jazz es toda una experiencia, y las grabaciones que realizó como parte del trío de Oscar Peterson son excelentes, quizás las mejores de su discografía. Su disco más accesible y de mayor calidad de sonido puede que sea *The Poll Winners*, para el sello Contemporary, donde destaca la calidez de la interpretación de Brown, en la que se percibe un fino sentido del humor. Su música era una prolongación de su humanidad. No encontrarán en ella dolor ni introspección.

Ray Brown (1926-2002)

Nace en Pittsburgh. Destaca por su extraordinaria calidad técnica y se lo considera uno de los grandes de la historia del jazz. Dizzie Gillespie lo descubre en 1945, y poco después comienza a tocar con Charlie Parker y con las mayores estrellas del jazz. Entre 1948 y 1952 acompaña a Ella Fitzgerald. En 1951 entra a formar parte del trío de Oscar Peterson, que abandonará en 1966. En los años setenta forma sus propias agrupaciones y edita discos con estas, además de retomar su actividad con Peterson.

Barney Kessel with Shelly Manne and Ray Brown. The Poll Winners
(Contemporary C-3535)

Mel Tormé

Varios años antes de su fallecimiento, a Mel Tormé se le rindió un homenaje en el Carnegie Hall de Nueva York, y allí estaba yo, entre el público. Una pequeña banda de acompañamiento, con arreglos de Frank Foster, fue el perfecto telón de fondo para la cautivadora presencia escénica de Tormé y su impecable voz. Gerry Mulligan entró en escena para acompañarlo en diversas ocasiones y deslumbró a los presentes con su saxo tenor. También Mulligan moriría poco tiempo después.

Mel Tormé conservó sus capacidades artísticas a un nivel excelente incluso cuando ya era mayor, y se mantuvo fiel a su característico estilo, elegante y relajado, desde sus inicios hasta el final de su vida, como si el paso de los años no hubiera dejado en él ningún poso de amargura. Parecía saber cómo superar con sencillez los reveses de la vida, sin alterarse, sin complicarse, sin rezumar una gota de sudor, sin que se le borrara nunca su afable sonrisa. Podría considerársele el epítome del neoyorquino.

Al igual que Buddy Rich, que fue cantante además de baterista, Mel Tormé fue baterista además de cantante. Se llevaban bien y por eso los incomodaba la rivalidad que les achacaban. Un día hablaron y Mel dijo: «Buddy, yo voy a centrarme en cantar, así que, ya sabes, a ti te toca centrarte en tocar la batería». No sé si esto es cierto, pero a partir de un momento determinado Mel solo cantó y Buddy solo tocó la batería, y ambos alcanzaron el éxito en sus respectivas disciplinas. A juzgar por el resultado, tal vez fue una suerte que no eligieran lo contrario.

La mayoría de los álbumes que nos legó Tormé están impregnados del aroma de un jazz refinado y de buen gusto, y resulta difícil seleccionar un elepé por encima de otro. Los que grabó en los primeros años de su carrera, con su grupo The Mel-Tones,

emanan una alegre energía juvenil, pero también *The Bethlehem Years*, el álbum recopilatorio que grabó en los años cincuenta, o sus trabajos para el sello Verve constituyen una buena manera de acercarse a su música. Es posible que su mayor arrojo artístico, su mayor poderío, salga a relucir en sus discos de los años sesenta para la Atlantic Records. Tampoco encuentro nada que objetar a sus últimos discos, solo puedo decir que son demasiado buenos.

Dicho lo cual, me decantaría por *¡Olé Tormé!*, en el que interpreta doce temas de música latinoamericana, en boga en aquellos años; un disco fácil, en principio, pero al que los extraordinarios arreglos de Billy May elevan a un nivel superior. Al pensar en Tormé, lo primero que suele venirnos a la cabeza es el intimista acompañamiento de Marty Page y su agrupación. Nada que reprochar a eso. Era una formación fantástica. Sin embargo, insistían en exceso en las atmósferas que creaban, cosa que acababa generando cierto sopor en el oyente. Menciono esto para contraponerlo con el sonido de Billy May en *¡Olé Tormé!*, vibrante e innovador, descarado incluso, impertinente frente a las pulcras evoluciones de Mel Tormé, pero a su vez brillante y apasionante. La colaboración entre Billy May y Mel Tormé resulta interesantísima, en gran medida por el contraste que se produce entre los arreglos de May y el estilo elegante y relajado de Mel, de indudable buen gusto y perfecto control técnico. Y quizás sea precisamente esa curiosa discordancia entre los dos estilos lo que incomoda en algunos momentos a gran parte del público incondicional de Mel. A mí me habría gustado que ambos produjeran más discos juntos, pero es posible que Tormé no quisiera pisarle terreno a Sinatra.

El mundo de Mel Tormé era el de los pequeños y refinados clubes de jazz, quintaesencia de la vida nocturna en la urbe, con sus abrigos de pieles, su champán y sus cócteles; no los grandes escenarios de luces de Las Vegas donde Frank Sinatra se movía como pez en el agua. Podría decirse que el mundo de Mel Tormé era demasiado afectado y refinado. Cierto. Y, sin embargo, es un mundo que, en cierta manera, recuerdo con nostalgia.

Mel Tormé (1925-1999)

Nace en Chicago. Está considerado una de las mejores voces masculinas del jazz. A los cuatro años sube a un escenario por primera vez y a los nueve canta en un programa radiofónico. En 1943 forma su propia banda: The Mel-Tones, precursora de los coros en el jazz. Finalizada la Segunda Guerra Mundial comienza su carrera como cantante solista. Durante los años cincuenta y sesenta diversifica su actividad y se adentra en el cine, el teatro y la televisión. Además, como autor de canciones ha dejado un buen número de temas que hoy se consideran clásicos, como *Born to Be Blue*.

¡Olé Tormé! Mel Tormé Goes South of the Border with Billy May
(Verve MGV-2117)

Shelly Manne

Se mire por donde se mire, el baterista Shelly Manne fue una fuente inagotable de creatividad, un orador incansable cuya locuacidad no caía en verborrea, por expresarlo metafóricamente. Como el oyente atento percibirá, Manne siempre se honró de ese equilibrio expresivo, firme y sutil, del que solo él era capaz.

Si su música fuera un bar, sería uno donde se sirven sin descanso unas pequeñas y deliciosas raciones artesanas de aspecto impecable que el afable y anciano dueño del local entrega a sus clientes después de mirarlos a los ojos y adivinar qué les conviene en cada momento. Quizás no sean las raciones más baratas del barrio, pero el precio es más que razonable, considerando el servicio. En contraposición a este bar, en el del baterista Max Roach, el rostro áspero del dueño se vislumbra entre la penumbra y parece decirles a los clientes: «Coman y beban en silencio, y cuando terminen, lárguense. Si les gusta lo que les sirvo, bien, si no, también». Obviamente, el de Shelly Manne goza de mayor aceptación y popularidad entre la clientela.

Cuando empecé a aficionarme al jazz, cayó en mis manos *My Fair Lady*, de Shelly Manne, y me gustaba tanto que ponía el álbum de la mañana a la noche, no escuchaba nada más y llegué a aprenderme cada nota de memoria, improvisaciones incluidas, razón por la cual todavía hoy le guardo a Shelly Manne una gran simpatía. Una simpatía algo indulgente, si se quiere, pero simpatía al fin y al cabo, y considero imprescindibles para todo buen amante del jazz cualquiera de los discos que grabó como figura principal para el sello discográfico Contemporary. Los álbumes grabados en directo son particularmente recomendables.

Muchos de los aficionados japoneses al jazz fruncirán el

M. Wada 99

ceño. Para ellos, los bateristas de jazz negros son insuperables. No lo niego, pero si todos los bares fueran como el de Max Roach —volviendo a la metáfora anterior—, acabaríamos cansándonos. Me encantan Roach o bateristas como Art Blakey, que conste. Solo apunto a que cada uno tiene sus virtudes y sus puntos fuertes; y a mí me entusiasma el gusto de Shelly Manne, su tratamiento melódico de la percusión, su toque limpio y conciso, y elocuente a la vez. Tengo cierta predilección por el sonido cálido y los buenos modales de los músicos de la Costa Oeste. Llego a notar en la piel la calidez que transmiten, y eso siempre me produce felicidad.

Ross McDonald escribió: «Hay gente a la que le aburre California porque no tiene estaciones. Pero las hay, claro que las hay; como también hay personas que no las sienten». Apuesto a que es cierto.

De entre los álbumes de Shelly Manne me gusta especialmente *Shelly Manne & His Men. At the Black Hawk*, un álbum cuádruple grabado en directo del que ha salido recientemente una edición en cedé con un quinto disco que incluye temas inéditos. Vale la pena escucharlo por el entusiasmo febril que transmite. En primera línea tenemos por un lado a Joe Gordon a la trompeta y a Richie Kamuca al saxo tenor, cuyos solos, prudentes y sobrios en ejecución, te harán sonreír de satisfacción; y por otro, al pianista Victor Feldman, con su elegancia natural —aunque algo ruidoso en ocasiones, eso sí—. Shelly Manne, líder de la banda, devoto propietario del bar, sirve las raciones con incuestionable eficacia y patea el trasero de los *camareros* cuando es necesario. Tal vez haya quien, comparándolos con las bandas negras de la Costa Oeste de la misma época, los encuentre algo fríos, carentes de pasión; pero, como digo, a cada cual lo suyo. Lo único que puedo afirmar es que si no encontrara en ellos esa esencia del jazz que tanto placer me proporciona, simplemente no los escucharía; quizás no tendría oído para el jazz.

Shelly Manne (1920-1984)

Nace en Nueva York. Es uno de los mejores bateristas blancos de jazz. Desde finales de la década de 1930 y en la de 1940 toca en varias bandas, y regularmente, de 1946 a 1952, en la de Stan Getz. A continuación se traslada a California, donde en 1954 se une a Shorty Rogers para formar su propia banda. Allí llega a convertirse en uno de los músicos más influyentes en el desarrollo del jazz de la Costa Oeste. En Los Ángeles abre su propio club de jazz, el Shelly's Manne-Hole.

Shelly Manne & His Men. At the Black Hawk Vol. 1 (Contemporary M3577)

June Christy

Muy apreciada en Japón, June Christy fue, junto a Anita O'Day y Chris Connor, una de las tres vocalistas que formaron parte de la orquesta de Stan Kenton en la década de 1950. A lo largo de sus respectivas carreras, las tres hicieron gala de una inteligencia y una sofisticación inigualables. De tesitura baja y timbre ligeramente ronco, mostraban un estilo vocal refinado con cierto matiz de artificiosidad. Puede decirse que representaban el estilo característico de las vocalistas de jazz blancas, aunque cada una tenía su propia *marca de la casa*, que es lo interesante, y, sin duda, a unos les gustará más el estilo de una y a otros el de otra.

¿Con cuál de sus numerosos discos me quedaría en primer lugar? Creo que me sentiría seriamente tentado a escoger el maravilloso *Something Cool*, pero al final, tras algunas consideraciones, me decantaría por *Duet* —la grabación de 1955—. No importa cuántas veces lo escuche, siempre encuentro algo arrebatador y enigmático en él. Se trata de algo que va más allá de la incuestionable calidad de June Christy, y que procede de la combinación de su voz con el acompañamiento de Stan Kenton al piano. Si buscamos un símil en la música clásica, el dueto formado por Elisabeth Schwarzkopf y Gerald Moore nos ofrece, en su interpretación de Schubert, una experiencia de análogo calado. Llega a captarse la compenetración espiritual, a la par que libre, entre ambos. Hay, por supuesto, unos cuantos duetos más de voz y piano que han pasado a la historia del jazz —Ella Fitzgerald y Ellis Larkins, o Tony Bennett y Bill Evans, sin ir más lejos—, todos ellos de primer nivel; y aun así, en mi opinión, ninguno alcanza los niveles de profundidad de June Christy y Stan Kenton.

M. Wada 99

Christy aborda sus fraseos de manera que parece enseñar a cantar a quien la escucha, con una nítida expresividad delineada de manera eficaz por las evoluciones de Kenton al piano, que, desde el fondo, se fusiona con las melodías vocales y se entrevera con ellas, asumiendo con generosidad su labor de acompañamiento. Es, curiosamente, un piano que derrocha una elocuente masculinidad entre sus notas, pero que en el fondo comunica silencio y calma, una actitud taciturna; y esta, por un lado, se expresa con libertad, y por otro, sabe dónde está su línea de demarcación y no la traspasa. En el momento de la grabación de *Duet,* Stan Kenton rondaba los cuarenta y cinco años, y June Christy tenía treinta. Ambos se hallaban en una etapa de madurez en sus vidas y empezaban a hacerse un nombre en la escena musical. Así lo reflejan las nueve canciones del álbum, con todos los matices y las sutilezas que se esconden en el alma de una mujer y en la de un hombre. Desconozco si Stan y June mantenían algún tipo de relación cuando grabaron *Duet,* pero no importa: en su música hay una historia, una historia evidente ante nuestros ojos y que queda grabada en nuestro espíritu. No importa la calidad técnica que posea una interpretación; si no hay sangre y sudor en ella, la música no nos va a llegar al alma.

En cuanto a las canciones del elepé, me gusta especialmente escuchar seguidas las cinco de la cara B. Al escuchar «Baby, Baby All the Time», por la noche, mientras me tomo un whisky, pienso: «El tiempo pasa y, con él, cada sensación placentera, antes o después, acaba disolviéndose, se dispersa como ceniza llevada por el viento. Debemos aceptar dicha verdad. Y, sin embargo, en ciertos casos..., en ciertos casos particulares, estas sensaciones permanecen en el aire cual vibraciones silenciosas, y cabe la posibilidad de que sean sigilosamente reemplazadas por algo que se manifiesta de otra forma». Por alguna razón, tales pensamientos sobrevuelan mi cabeza cuando escucho el dueto formado por June Christy y Stan Kenton; quizás sea por la fuerza de las historias con alma.

June Christy (1925-1990)

Nace en Illinois. Después de unos años como miembro de la orquesta de Boyd Raeburn entre otras, sustituye en 1945 a Anita O'Day como vocalista permanente en la orquesta de Stan Kenton. Uno de los primeros temas que graba con Kenton, «Tampico», alcanza ventas de un millón de copias. Tras dejar la orquesta de Kenton en 1954, graba *Something Cool*, con arreglos y dirección de orquesta de Pete Rugolo. El disco alcanzará un éxito notable. Un año más tarde, vuelve a colaborar con Stan Kenton para el histórico *Duet*. Posteriormente, el buen recibimiento del álbum *The Misty Miss Christy*, de nuevo con arreglos y dirección de orquesta de Pete Rugolo, confirma la fructífera colaboración artística entre ambos.

Duet (Capitol T656)

Django Reinhardt

No sé si han visto la película titulada *French Kiss*. A mí me hace bastante gracia. En ella, Kevin Kline representa a un excéntrico francés que habla inglés con fuerte acento, y al que diversas vicisitudes acaban relacionándolo con una joven estadounidense interpretada por Meg Ryan. En los títulos de crédito finales, Kevin Kline tararea la canción «La Mer» con su francés nasal. Uno puede imaginarse que acaba de hacer el amor con la chica y canturrea feliz, todavía en la cama.

«Es "Beyond the Sea", ¿no? Vaya, así que tiene versión en francés», dice Meg Ryan a su lado, algo sorprendida. «Bueno, digamos que la original es la francesa», replica Kline. «¡Venga ya! Es una canción de Bobby Darin. Si lo sabré yo...», insiste Ryan. Vi la película en un cine de Estados Unidos y aquel diálogo informal, sin mayor relevancia, me pareció tan curioso que me quedé clavado en mi asiento hasta el final de los créditos, mientras los demás espectadores abandonaban la sala. Me entraron unas enormes ganas de escuchar la interpretación de Django Reinhardt de «La Mer».

No hace falta decir que Kevin Kline tenía razón: «La Mer» fue compuesta en 1938 por el compositor y cantante francés Charles Trenet. Bobby Darin la versionó en inglés con el título «Beyond the Sea» e hizo de ella un gran éxito entre el público estadounidense a mediados de la década de 1950. Después, entrados los noventa, George Benson volvió a versionarla con gran éxito de nuevo. Es una canción de indudable calidad, con una melodía muy bella, tanto que funciona con cualquier arreglo. Pero de entre todos los arreglos y versiones, escuchar la versión a dúo entre Django Reinhardt y Stéphane Grappelli le deja a uno el mejor sabor de boca posible. El tema tiene un encanto arrebatador.

Cualquier tema interpretado por ambos, a dúo, puede calificarse de insuperable, pero nada ha superado la impresión que me causó «La Mer» la primera vez que la escuché, siendo yo un estudiante universitario.

El álbum *Djangology* no se grabó en un estudio de grabación. Aprovechando la presencia de Grappelli y Reinhardt en Roma, en 1949, para tocar en un club de jazz, un aficionado italiano organizó una sesión privada y en ella se grabó el disco; razón por la cual la calidad de sonido no es demasiado buena. Esa baja calidad sonora no impide, en ningún caso, que a través de las bocinas se cuele y se extienda por la habitación la atmósfera que se respiraba por entonces en Europa. Desde ese punto de vista, uno se pregunta si no será precisamente esa calidad de sonido la que mejor se adecúa a esa música.

Un alegre sentimiento de libertad recorre toda aquella sesión de grabación: el goce de tocar música en ese sitio y en ese momento, con un vigor que solo los músicos plenamente originales poseen, con una fluidez y naturalidad incomparables. Reinhardt nos legó muchas otras interpretaciones excepcionales en otros discos, pero *Djangology,* con la magistral exhibición de la compenetración entre él y Grappelli, ha continuado cautivándome desde el día en que lo descubrí.

Django Reinhardt (1910-1953)

Nace en Bélgica en el seno de una familia gitana nómada. Siendo un niño aprende a tocar el violín y la guitarra. Su familia se asienta en las afueras de París. En 1928, cuando empiezan a reconocérsele sus cualidades musicales, sufre quemaduras en la mitad de su cuerpo debido a un incendio, y pierde la movilidad de los dedos anular y meñique de la mano izquierda. El incidente le empuja a desarrollar su propia técnica de interpretación a la guitarra. En 1946 acepta la invitación de Duke Ellington para hacer una gira por Estados Unidos junto a su orquesta. La colaboración se salda con excelentes críticas en cada parada, y Reinhardt se convierte en uno de los músicos europeos con mayor influencia en el jazz estadounidense. No solo como intérprete, también como compositor ha dejado un importante legado de canciones.

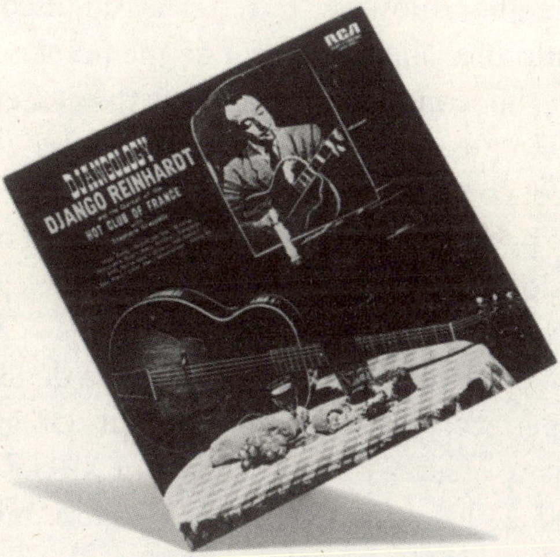

Djangology (Rca RGP-1186)

Oscar Peterson

Si algo le sobraba a Oscar Peterson era energía. La derrochaba por los cuatro costados. Su discografía no conoce obras fallidas; toda ella mantiene un nivel considerablemente alto, y, sin embargo, debo confesar que no me entusiasma demasiado, no como para correr a comprar sus discos. Es cierto que en casa tengo más de cincuenta de sus álbumes como solista, pero una vez que se pasó al sello discográfico Pablo Records no volví a comprar casi ninguno de los discos que sacó durante la década de 1980.

La época en que empecé a escuchar jazz coincidió con los años de mayor popularidad de Peterson, con discos como *The Trio*, *Night Train* o *West Side Story*, que no paraban de sonar en las cafeterías de jazz. En sus mejores actuaciones de la primera mitad de los años sesenta interactúa de manera impecable con los músicos de la orquesta y su forma de tocar rebosa entusiasmo, sin caer en un virtuosismo hueco. Hay un disco suyo que de tanto escucharlo me sabía cada nota de memoria, se trata de *Something Warm*, un concierto grabado en directo en el club de jazz London House, donde también se grabó *The Trio*. Es un álbum magnífico, con unos burbujeantes fragmentos de fuegos artificiales, unos pasajes frenéticos hasta perder el aliento, y baladas para recuperarlo..., todo un abanico de temas que ejemplifican la magnitud musical de Peterson.

En épocas posteriores, diría que su manera de tocar adquiere un grado de perfección y desmesura formal que agota al oído, y tal tendencia se afianza tras su fichaje por MPS Records, en la segunda mitad de los años sesenta. A menudo, mientras lo escucho, me dan ganas de susurrarle al oído: «¿Por qué no te calmas un poco? No hace falta apurar tanto cada melodía», por-

M. Wada 97

que ciertamente uno acaba ahíto, empachado como si tuviera que engullir una gran cazuela de fideos *udon* todos los días. Otros pianistas van perdiendo fuerza a medida que cumplen años. No es el caso de Peterson: con él, comemos *udon* todos los días.

La etapa más convincente de su carrera musical es, en mi opinión, aquella en la que participó en la serie de conciertos Jazz at the Philharmonic, con una formación de trío que incluía guitarra. Aquí todavía no había adquirido el sonido denso de épocas posteriores, pero rezumaba un entusiasmo y una vitalidad que yo diría que le llegaba más adentro a su público. Puede que dicho así suene raro, pero da la impresión de que por entonces tocaba con mayor generosidad y desapego, con una actitud más desinteresada. En cuanto al ritmo, también se aprecia cierta diferencia con respecto a su trío posterior con batería, como si el ritmo discurriera ligero y grácil, a la altura de las caderas, con una soltura que se perdió más tarde, al incorporarse Ed Thigpen a la batería; si bien su sonido ganó, como es obvio, otras cualidades.

Entre sus directos quisiera destacar también los de la serie Jazz at the Philharmonic. Todos ellos merecen ser escuchados con atención, no solo cuando se desempeña como líder de sus propias bandas, sino también cuando interviene en la retaguardia, como acompañante de otros músicos. También en este caso saca a relucir todo su potencial; no escatima energía al servicio de los solistas, y con la fuerza de una dinamo —y cayendo muchas veces en vacuos excesos ornamentales— saca de estos lo mejor de sí, incluso cuando ya han dejado atrás sus mejores tiempos. Debe reconocérsele, al menos, ese gran mérito. Como músico, Peterson era, desde luego, una fuerza de la naturaleza.

Oscar Peterson (1925-2007)

Nace en Montreal. El productor Norman Granz lo descubre en un viaje a Canadá, y en 1949 lo incorpora a su proyecto de conciertos y grabaciones agrupados bajo el título genérico de Jazz at the Philharmonic. Se asienta en Nueva York y pronto alcanza gran relevancia en el mundo del jazz. Bajo el amparo de Granz, graba su primer disco a dúo con Ray Brown —con quien mantendrá una longeva y estrecha amistad—, y más tarde alcanza el éxito con los tríos que lidera. Provisionalmente, se desempeña en solitario, como pianista independiente, pero Granz lo recluta de nuevo en 1973 para su discográfica Pablo Records, que acaba de crear.

Norman Granz Jazz at the Philharmonic Vol. 16 (Clef MG-Vol. 16)

Ornette Coleman

A principios de la década de 1990, Coleman actuó en Japón en un concierto al aire libre celebrado en el parque de atracciones Yomiuri Land, en el área de Tama, con una banda en la que también tocaba su hijo. Yo estuve allí, disfrutando de la música, con mi cerveza en la mano y un poco sorprendido por lo que me encontré. «No me acordaba de que en la música de Coleman hubiera tanto sentido del humor e ingenuidad», pensé, algo estupefacto. El recuerdo que conservaba de cuando lo escuchaba en mi juventud era el de una música intrincada, intelectual, enigmática, y así es como supongo que lo recordaba la mayor parte de mi generación.

Supuse que se debía al paso de los años, que va puliendo las aristas del carácter, y a que el mundo había cambiado notablemente desde los años sesenta, década en la que se le consideraba un músico de vanguardia. Sin embargo, en esencia, no me parecía posible que Coleman hubiese cambiado tanto —nadie lo hace de manera tan radical—, así que también podía ser que ese humor y esa espontaneidad hubieran estado siempre presentes, desde el inicio, en su música —al menos en potencia—. Con esa idea en mente volví a escuchar sus viejos discos y, en efecto, me di cuenta de que guardaba un recuerdo muy diferente de ellos.

Retrocedamos en el tiempo y situémonos en Shinjuku, en aquellos años sesenta de clubes de jazz atestados de humo y de jóvenes ceñudos, concentrados en la música arrojada por oscuras bocinas JBL. Inmersos en una densa atmósfera de intelectualismo y guerra de Vietnam, los jóvenes trataban de descifrar mensajes ocultos en los fraseos de Ornette Coleman. Se le escuchaba con el mismo poso de gravedad con que se leía a Kenzaburō Ōe, o

se contemplaba el cine de Pasolini, esperando encontrar codificados entre líneas comentarios sociales.

Aquella época convulsa quedó atrás, el panorama jazzístico cambió, el público fue olvidándose de Ornette Coleman. Desde cierto punto de vista, esto pudo constituir un alivio, tanto para él como para nosotros, su público, puesto que nos desprendimos del viciado hechizo de la época y aprendimos a disfrutar de la música tal como era. Eso pensé aquella despejada tarde de verano, ante el escenario desde donde nacía aquella música *renovada* de Ornette Coleman.

The Shape of Jazz to Come, editado por Atlantic, es, según mi criterio actual, su disco más redondo y compacto; el de mayor calidad, en definitiva. En él se incluye el célebre tema «Lonely Woman». No obstante, el que más me gusta es *Town Hall Concert,* publicado por el sello ESP en 1962; y en Japón, bajo el título *Town Hall, 1962.* Entremezcla fragmentos de exuberante intensidad con partes forzadas que sobran, pero resulta sorprendentemente agradable y calmante, como el arrullo procedente de un lejano riachuelo. Además, se atisba la influencia de Charlie Parker a lo largo de todo el disco, con ese sonido suyo, innovador y espontáneo a partes iguales, cosa que me satisface y me reconcilia con los defectos que puedan achacársele a este elepé. Es algo que no suele ocurrirme cuando escucho a quienes tratan de emular a Charlie Parker.

ORNETTE COLEMAN (1930-2015)

Nace en el estado de Texas. Aprende a tocar el saxo tenor de manera autodidacta y llega a convertirse en uno de los grandes innovadores del jazz, suscitando una ferviente admiración y un fuerte rechazo a partes iguales. En los años cincuenta se traslada a Los Ángeles y se involucra en el ambiente musical experimental de la ciudad. En 1958 graba su primer disco como solista: *Something Else!!!!* Tras escucharlo y quedar impresionado, John Lewis, de The Modern Jazz Quartet, lo respalda para grabar *The Shape of Jazz to Come,* cuya música causa un gran impacto en el mundo jazzístico. Es uno de los iniciadores del free jazz, y además desarrolla su propio sistema de teoría musical, al que llama «Harmolodics».

Town Hall, 1962 (Esp-Disk 1006)

Lee Morgan

Lee Morgan, con ese particular tono suyo sereno y terso, que se alarga y alarga como en un sueño, y esa chispa que tenía llena de belleza y espontaneidad, era uno de los músicos siempre presentes en los ambientes de los clubes de jazz de antaño, y uno de los más populares. Tal vez no fuera uno de esos innovadores que rediseñaron la hoja de ruta del jazz, pero sin él el panorama del jazz de la segunda mitad de los años cincuenta y los años sesenta no habría tenido la viveza y el color que tuvo.

Justo cuando el jazz acababa de quedarse huérfano del gran Clifford Brown, un joven prodigio de dieciocho años llamado Lee Morgan aparecía en escena por todo lo alto, contribuyendo, de algún modo, a cubrir el enorme vacío dejado por aquel. Por desgracia, Morgan también nos dejó prematuramente, con solo treinta y tres años, al ser asesinado por su novia. El eco de su vida, breve como un relámpago, se entremezcla con la frescura de su música y la mantiene viva. En cada tema pueden encontrarse, intactos, un encanto incomparable, una espontaneidad llena de vitalidad y un sentido inigualable de la velocidad; un estilo, en definitiva, que no podía pasar desapercibido a la gran mayoría de los aficionados al jazz.

Pese a las indecisiones que afloraban en su forma de tocar la trompeta, siempre se mantuvo en la primera línea del jazz, apuntando hacia un estilo vivo y lleno de color, inédito hasta entonces. En su último disco, grabado junto a Grachan Moncur III, Billy Harper y Bennie Maupin, hay un aroma vanguardista, extraño y ecléctico. No obstante, uno nunca tiene la impresión de que Morgan haya alcanzado hasta cierto punto la madurez musical.

Al principio, recuerdo haberme quedado prendado de ese

dominio sin igual y de la velocidad de sus fraseos, pero pasado cierto tiempo, uno siente cada vez más el deseo de pedirle que se tranquilice un poco: acaba cansado de ese virtuosismo tan milimétrico. Lamentablemente, después de escucharlo durante un rato llega un momento en que uno ya no puede más, cosa que no sucede ni con Miles Davis ni con Clifford Brown, de quienes no me canso por mucho que vuelva a ellos.

Dicho esto, he de admitir que, en su día, *The Sidewinder* me impresionó. Es un álbum de una elegancia y de una radicalidad difícilmente comprensibles para quienes no hayan respirado la atmósfera cultural de la segunda mitad de los años sesenta. *The Sidewinder* nace a contrapelo en medio del ambiente áspero y eufórico de aquella época. Siempre que tomo en mis manos la funda del disco, con su portada en blanco y negro, y lo escucho, revivo de forma nítida y vívida aquella atmósfera convulsa; tanto es así que me escuece. Si me decidiera a hacer un análisis estricto y minucioso de ese estilo suyo tan tendente al exceso, me temo que acabaría diciendo muchas cosas no del todo halagadoras. Aun así, es de justicia reconocerle el enorme control con que afrontaba y ejecutaba semejante frenesí musical; algo que nadie hacía como él.

Si se me permite la analogía, Lee Morgan era el Billy el Niño del jazz. Ambos dejaron tras de sí una leyenda: no había nadie más rápido que ellos.

Lee Morgan (1938-1972)

Nace en Filadelfia. Con solo quince años forma su propia banda de jazz. En 1956 entra a formar parte de la banda de Dizzie Gillespie, y con dieciocho años graba su primer disco como solista: *Introducing Lee Morgan*. En 1958 se une a los Jazz Messengers de Art Blakey y logra un gran éxito por su peculiar manera funky de tocar la trompeta. Después de un breve periodo alejado de los escenarios retoma su actividad en 1960, y a partir de 1967 toca con su propio quinteto.

The Sidewinder (Blue Note BST-84157)

Jimmy Rushing

Después de que Jimmy Rushing dejara de cantar como vocalista principal en la orquesta de Count Basie en Kansas City, hubo numerosas figuras de la canción que ocuparon su puesto, entre las que destaca, sobre todo, Joe Williams. Sin embargo, la impronta dejada por Rushing no había quien la igualase, y a Williams, pese a su fama y su talento, siempre le acompañó la etiqueta de *joven sustituto* de Rushing. A decir verdad, siento mayor predilección por cantantes como Matt Dennis o Bobby Thorp, pero Jimmy Rushing es una excepción. Ese característico estilo vocal áspero en que podemos ubicarlo y que no suele despertar mi entusiasmo se convierte, en su caso, en una vívida fuente de emociones, no circunscrita a estilos y gustos particulares. Basta con escucharlo una vez para caer rendido a sus cualidades.

Lo que he leído sobre Rushing, un hombre de carácter fuerte y problemático, me lleva a suponer que la inigualable energía que transmitía con su voz debía de estar ligada a su personalidad. En aquella época de *big bands* la amplificación acústica era, además, limitada y precaria, y el vocalista se encontraba con el desafío de tener que acomodar su voz al vibrante chorro sonoro que emanaba de los instrumentos de viento. En contrapartida, a Joe Williams, pese a ser también un vocalista de blues, y pese a su marcada esencia urbana, se le echa en falta la aspereza y el vigor magníficos de Rushing. Williams, al fin y al cabo, pertenecía a una generación posterior, y no habría tenido opciones de victoria en una competición directa con Rushing, el hombre duro de Kansas City.

Escuchar a Jimmy Rushing en cualquiera de sus discos supone, por tanto, el reencuentro con un cantante de una energía

M. Wada 99

incomparable y con unas canciones únicas, tan grandes como la vida misma. Sus grabaciones con la orquesta de Count Basie, su *alma mater,* han quedado como las más espontáneas y representativas del swing. Uno percibe en ellas la absoluta soltura y el completo dominio con que Jimmy abordaba cada compás del repertorio, y también, sin duda, el aroma seco y añorado de Kansas City flotando en cada frase.

De entre sus álbumes en solitario, una vez que dejó la orquesta de Count Basie, mis favoritos son *The Jazz Odyssey of James Rushing Esq.* y *Little Jimmy Rushing and the Big Brass,* publicados por el sello Columbia, el segundo de los cuales contó con la participación de Coleman Hawkins y Vic Dickenson, viejos compañeros de la mencionada orquesta. El resultado —un swing suave y de gran sensibilidad— está a la altura de aquel acompañamiento de lujo.

En la segunda mitad de la década de 1950, la voz de Rushing se resintió levemente y perdió algo de la resonancia de sus mejores tiempos. Es lógico; los años no pasan en balde. Sin embargo, tal vez para compensar, logró imprimirle una mayor musicalidad; y así —como un orador cuya retórica pierde velocidad con los años, pero gana en emotividad— se mantuvo en plena actividad hasta sus últimos días (no era una de esas personas a las que les gusta mirar atrás y detenerse en el pasado). Su corta estatura no estuvo reñida con su carácter impetuoso. Me atrevo a compararlo con Rumpelstiltskin, que pataleó de rabia hasta morir.

Escuchar los temas «June Night», con arreglos de Nat Pierce, y «Jimmy's Blues», arreglado por Buck Clayton, incluidos en *Little Jimmy Rushing and the Big Brass,* supone un vívido retorno a aquella época emocionante y heroica cuya grandeza musical se elevaba por encima de cualquier análisis teórico.

JIMMY RUSHING (1901-1972)

Nace en Oklahoma City, en un hogar de tradición musical. En 1923 empieza a cantar en bares y clubes de música, y después de pasar por diversas orquestas recala como vocalista en la de Count Basie en 1935, donde su voz potente y de rica sonoridad contribuye indudablemente al éxito de la orquesta. En 1950 abandona la banda e inicia una carrera en solitario centrada en el Savoy Ballroom, con seis músicos que lo acompañan. Algunos de sus álbumes más representativos son *The Jazz Odyssey of James Rushing Esq.* y *The You and Me That Used to Be.*

Little Jimmy Rushing and the Big Brass (Columbia CS-8060)

Bobby Timmons

Con su trío de piano, Bobby Timmons nos dejó algunos álbumes maravillosos, pero los que de verdad me fascinan, por las sorpresas musicales que nos deparan, son aquellos que grabó en torno a 1960 junto al baterista Art Blakey y los Jazz Messengers. Hay un tipo de pianista más imaginativo cuando acompaña que cuando lidera una banda, y creo que Bobby Timmons puede incluirse en ese grupo. Con los Jazz Messengers encontramos a un Bobby Timmons que pisa terreno seguro, que no vacila al tocar y que junto a sus jóvenes compañeros de formación y paisanos Lee Morgan y Benny Golson nos ofrece un jazz de primerísima calidad.

Tras dejar los Jazz Messengers se unió temporalmente a la banda de Cannonball Adderley, y de sus manos salieron numerosos temas de gran éxito comercial, que lo convertirían en uno de los principales iniciadores del funky jazz. Con su propio trío, sin embargo, se tomaba las cosas demasiado en serio, y aunque seguimos disfrutando de su música, empezó a adolecer de una estructura rígida en exceso, a faltarle espacio por donde respirar, por así decirlo, e incluso a cansar al público. Me pregunto si el propio Timmons se daba cuenta de las limitaciones de su música durante aquella época. Una vez pasado el estallido del funky jazz, fue sucumbiendo al alcoholismo, y mientras otros pianistas representantes de la nueva generación —Bill Evans, Herbie Hancock— tomaban el relevo, las interpretaciones de Timmons fueron decayendo y volviéndose caóticas, hasta quedar convertido prácticamente en una triste caricatura de sí mismo.

Lo cierto es que ver a un músico de jazz mantenerse en lo más alto de su carrera hasta sus últimos días —como Duke

Ellington o Louis Armstrong— era la excepción; más aún considerando la dura atmósfera *underground* en que se desarrollaba el mundo del jazz. Observamos, pues, que el talento jazzístico suele brillar a lo largo de un periodo breve de tiempo, entreverado por una vida repleta de dificultades. El jazz se articula en un firmamento de estrellas fijas, las menos, cuya luz se entremezcla con el incierto resplandor dejado, a su paso, por multitud de estrellas fugaces.

De Bobby Timmons nos ha quedado, al menos, una fascinante serie de grabaciones de ese limitado periodo de actividad en que brilló con luz propia; unas grabaciones que conforman un indiscutible legado histórico y que le han otorgado un lugar en la memoria de los aficionados al jazz de todo el mundo.

Además de ser un intérprete magnífico, no debe olvidarse su fecunda faceta como compositor, en la que destacó con temas de aires funky y repletos de un humor y una expresividad inclasificables, como «This Here», «Moanin'» o «Dat Dere», con los que, en parte, trataba de rivalizar con las composiciones de su colega Benny Golson, de marcada tendencia melancólica. Mi tema favorito es «So Tired», incluido en el álbum *A Night in Tunisia* grabado junto a Art Blakey. Nunca deja de producirme una intensa emoción escucharlo cuando toca ese tema. Sus solos evolucionan de manera equilibrada y fluyen con elegancia y frescura tímbrica.

El bar Radio de Aoyama elabora un cóctel original al que han llamado *So Tired* a partir del título del tema de Timmons. Se compone de ginebra, whisky Johnny Walker y cerveza Guinness, una combinación perfecta para tomar sentado frente a la barra, a primeras horas de la noche, aquellos días en que uno se encuentra especialmente cansado. A mí, al menos, me anima bastante.

Bobby Timmons (1935-1974)

Nace en Filadelfia. Pianista y compositor, introduce elementos de góspel en el jazz. Siendo niño se familiarizó con la música litúrgica protestante (su abuelo era pastor de dicha Iglesia), esta se convertirá en la base de su aprendizaje musical. Se inicia en el circuito jazzístico profesional en 1955, y tres años más tarde pasa a formar parte de los Jazz Messengers de Art Blakey, con quienes graba «Moanin'», compuesta por él y que se convertiría en un gran éxito. En 1959 se une al quinteto de Cannonball Adderley y compone el tema «This Here». A partir de 1961 continúa su actividad musical con su propio trío.

Art Blakey and the Jazz Messengers. A Night in Tunisia (Blue Note BST-84049)

Gene Krupa

En cuanto oigo el nombre de Gene Krupa me viene a la cabeza su solo de batería en «Sing, Sing, Sing (With a Swing)», en su versión grabada con la orquesta de Benny Goodman. No obstante, debo disculparme por semejante asociación de ideas, porque un solo tan exagerado no es representativo de su trabajo habitual, siempre mesurado y efectivo, durante los años dorados de la orquesta de Goodman.

Cuando Lionel Hampton se unió al trío que formaba Krupa con Teddy Wilson y Benny Goodman —convirtiéndose entonces en un cuarteto sin contrabajo—, creó la base rítmica más adecuada, firme, concisa y suave, para las características de la banda. Quizás no sea posible encontrar en su forma de tocar ligera y alegre la profunda esencia de la banda, pero Gene Krupa imprimió al swing un aire distinto al que le daban la mayoría de los bateristas negros de la época, y desarrolló, con cierto arrojo y gran astucia, un estilo fácilmente asimilable por el público blanco. Con su oído excepcional y una coordinación asombrosa crearía una senda seguida durante mucho tiempo por muchos otros bateristas blancos posteriores.

Entre músicos del nivel de Wilson y Hampton, nuevos y prometedores talentos, y del nivel de Goodman, que se complacía en improvisar sin ataduras al clarinete en pequeñas bandas, Krupa se convirtió en el sólido y estable anclaje para aquella banda blanca de jazz —de jazz de Chicago, para ser precisos—. Es cierto que sus llamativos solos fueron lo que le catapultó a la fama, pero estos eran simplemente una parte más de su amplio abanico de recursos rítmicos. Por desgracia, eso se convirtió en un estigma que lo persiguió a lo largo de su carrera; también después de dejar la banda de Goodman.

M. Wada 99

Cuando deseo escuchar algún álbum representativo de Krupa, lo lógico sería decantarse por uno de sus discos de los años treinta, junto a Benny Goodman, pero también merecen que se les preste atención, por la frescura y el aroma bebop que destilan, muchas de sus grabaciones con la *big band* que formó con posterioridad; sobre todo temas como «How High the Moon» y «Disc Jockey Jump», que, con arreglos de un joven Gerry Mulligan de tan solo diecinueve años, se convirtieron en grandes éxitos entre 1946 y 1947, y mantienen intacto su encanto aún hoy. Su base rítmica proporciona al resto de los músicos la dirección y el empuje precisos. Doce años después, fiel a las partituras originales de Mulligan, Krupa volvió a grabar aquellos mismos temas para el sello Verve, con un resultado más que digno. Aunque se echa en falta el ímpetu original, la nueva generación de músicos de su orquesta —Eddie Bert, Kai Winding, Phil Woods— dotó a los viejos temas de una sonoridad rejuvenecida. El propio Mulligan dio su visto bueno a las versiones y dijo: «Son temas que arreglé mucho antes de haber desarrollado mi estilo personal, así que me preocupaba el proyecto de recuperar esos arreglos. El resultado final, sin embargo, me ha sorprendido gratamente». Por mi parte, quisiera volver a expresar mi admiración por Gene Krupa, por su generosidad al haber sabido apreciar el genio latente de un Mulligan aún desconocido para el público, a sus diecinueve años, y por haberse aventurado a retomar, como punto de partida para un nuevo disco con su banda, aquel trabajo archivado desde años atrás.

GENE KRUPA (1909-1973)

Nace en Chicago. Enamorado desde niño del jazz de mayoría negra, aprende a tocar la batería de manera autodidacta y se convertirá en el baterista blanco por excelencia durante la mejor época del swing. Después de proseguir sus estudios musicales en Chicago y en Nueva York ingresa en la orquesta de Benny Goodman, en la que permanecerá de 1934 a 1938, ganándose la admiración del público. Más tarde, liderará sus propias orquestas y sus tríos, además de tocar en la orquesta de Tommy Dorsey y participar en las sesiones de Jazz at the Philharmonic. Se retiró temporalmente debido a un problema cardiaco y retomó la actividad con el inicio de la década de 1970 hasta su fallecimiento, poco tiempo después.

Gene Krupa Plays Gerry Mulligan Arrangements (Verve MGV-8292)

Herbie Hancock

En la efervescente escena jazzística de la segunda mitad de la década de 1960, la elegante portada del disco *Maiden Voyage* y su sonido optimista y refrescante dejaron una indeleble impresión en quienes, como yo, amábamos el jazz en aquella época. Era como si alguien hubiese abierto, por fin, una ventana que había permanecido cerrada durante mucho tiempo.

Hancock se mantuvo a partir de entonces en la primera línea del jazz y lanzó un buen número de discos magistrales que, en ocasiones, marcaron su época; y sin embargo no logro encontrar en ninguno de ellos nada que supere aquella frescura de *Maiden Voyage* que tanto nos sorprendió en el momento de su lanzamiento. Es un músico de una carrera prolífica, cierto; con una gran cantidad de títulos en el mercado, cierto; pero sin apenas álbumes que a mí me den ganas de escuchar de vez en cuando.

Hancock no es un músico que se abstraiga y cree música desde cero, sino que siempre lo hace teniendo muy presente su época, inspirándose en ella. Tiene buen olfato para captar las tendencias que flotan en el ambiente en cada momento y para aprovecharlas y adaptarlas a su estilo. De ahí surgen el arrojo y los efluvios novedosos que uno percibe en su música. Pero no va más allá de esa particular capacidad; una capacidad que no es suficiente, por sí sola, para convertir a Hancock en un abanderado de la escena musical y llevarla por territorios inexplorados, como hizo Miles Davis, alrededor de quien, por cierto, Hancock siempre gravitó, a veces siguiendo su estela, y a veces tratando de resistirse a su fuerza de atracción. En cuanto el sol de Davis fue apagándose, la música de Hancock también comenzó a extraviarse; y aunque como intérprete continúe manteniendo

M.Wada 99

un nivel alto, solo parece interesado en la técnica, sin importarle la limitación expresiva de sus composiciones.

Temo estar haciendo una crítica negativa; sin embargo, sus discos para el sello Blue Note son otra cosa: vivos y burbujeantes, sofisticados, llenos de color y de grandes momentos, me recuerdan el elegante y formidable talento musical que poseía Hancock. Supongo que, también para él, esos discos representan una época feliz, una época en la que la música surgía de él con toda naturalidad, como agua de un manantial inagotable. De entre esos elepés, es precisamente *Maiden Voyage* el que me hace sentir de manera más viva esa plenitud musical.

Para la grabación de *Maiden Voyage,* Herbie Hancock recluta a dos jóvenes músicos: George Coleman —quien, después de tocar durante años con Miles Davis, acaba de abandonar la formación para ser sustituido por Wayne Shorter— y Freddy Hubbard. Al escuchar el elepé se aprecia el desahogo y la libertad con que tocan; se nota, en definitiva, que están disfrutando de la música. Cada compás transmite el goce, la generosidad y la seguridad de sus intérpretes. Tanto Hancock como sus músicos se encontraban en plena juventud, sin nada que perder y con un amplio y prometedor futuro ante sí.

Escuchar este disco me lleva a la atmósfera de los bares de jazz de aquel tiempo. Ciertamente, era como si alguien hubiera alargado una mano hasta nuestros corazones y hubiese abierto una ventana en ellos, como si hubiésemos estado esperando con ansiedad que tal cosa sucediese. Después no volvió a abrirse mucho; o si lo hizo, resultó que había un muro justo enfrente. En cualquier caso, *Maiden Voyage* es jazz auténtico que sí abrió una ventana de verdad. Uno se sumerge en él y se encuentra con una música auténtica, hecha con el corazón. A veces es así, uno escucha un disco y se topa con esa autenticidad que permanece, que no envejece, como la hermosa imagen de una persona con la que coincidimos en algún momento de nuestra vida.

HERBIE HANCOCK (1940)

Nace en Chicago. Mientras forma parte del segundo gran quinteto de Miles Davis entre 1963 y 1968, mantiene también una fructífera actividad con su propio sexteto. En ese momento graba *Maiden Voyage*, un disco que dará el impulso definitivo a su carrera. Tras su separación de Davis, empieza a incorporar teclados eléctricos en sus actuaciones y grabaciones, y en 1973 alcanza un gran éxito con el elepé *Head Hunters*, en el que abundan los sintetizadores. En la segunda mitad de la década de 1970 abre camino en la fusión del jazz con la música disco y el pop. Muy consciente de las idiosincrasias de cada época, siempre ha sabido acaparar la atención del público.

Maiden Voyage (Blu Note BST-84195)

Lionel Hampton

Cuando era todavía un recién llegado a la escena musical, el vibrafonista Gary Burton vertió alguna que otra crítica negativa sobre otro vibrafonista: Milt Jackson, que en aquel momento no tenía rival en ese instrumento. A Burton el atrevimiento casi le cuesta la carrera. «Fue una dura lección», reconoció días después. «Uno no debe cometer la imprudencia de criticar a los peces gordos.»

Por otro lado, cuando Milt Jackson debutó, era Lionel Hampton quien dominaba el panorama de la interpretación al vibráfono. Él había sido quien, de hecho, introdujo ese instrumento en el mundo del jazz y quien estableció las bases de la técnica, y por tanto era una figura absolutamente reverenciada. A Milt Jackson no le resultó fácil abrirse paso en esas circunstancias y tuvo que crear su propio lenguaje. Para ello, se adhirió al movimiento bebop y se convirtió en uno de los miembros fundadores de The Modern Jazz Quartet.

Quizás esta competencia derivada de la escasez de vibrafonistas de jazz fuese la causante de que se produjesen unos cambios de estilo tan notables con cada uno de ellos: Lionel Hampton, Milt Jackson y Gary Burton. Es como si, para poder competir con el resto de los músicos, los de un instrumento minoritario como el vibráfono se vieran obligados a aportar siempre algo nuevo, algo que los diferencie y les permita abrirse un hueco entre los demás; y gracias a esto, precisamente, jamás ha decaído mi interés por el vibráfono en el jazz.

Antes de la Segunda Guerra Mundial, durante la época de las *big bands,* Hampton fue muy apreciado por su fuerza interpretativa, pero después, en la posguerra, perdió el favor de los críticos, que empezaron a tildarlo de demasiado comercial o a

M. Wada 99

valorarlo solo por sus aptitudes como cantante. A mí personalmente me gustan las grabaciones que realizó para Clef Records, el sello discográfico de Norman Granz, acompañado por una sección rítmica de lujo formada por Ray Brown, Buddy Rich y Oscar Peterson —habituales del sello de Granz—. Lo escucho a menudo, aunque confieso que no es el tipo de disco que suelo mencionar en una conversación informal con amigos.

Por aquel entonces ya había desaparecido de su música cualquier atisbo de innovación y todo lo que componía sonaba igual. Era una música tibia. Poco más puede decirse de ella. No obstante, si somos conscientes de que eso que ahora se nos antoja *tibieza* fue en su momento original e innovador —al fin y al cabo, el vibráfono era un instrumento inexistente en el jazz hasta que Hampton tuvo la audacia de introducirlo—, creo que sí es posible disfrutar de su música. Vale la pena, por tanto, escucharlo. En ningún momento suena anticuado ni rendido a modas, y a pesar de ese conformismo que he mencionado, su música mantiene un nivel digno merecedor de elogio. ¡Cuántas tendencias innovadoras caen en el olvido más absoluto con el paso del tiempo! No es el caso de Hampton.

De entre sus discos, con el que más disfruto es *You Better Know It!!!* De hecho, me gusta mucho. Es un disco de 1964, pero con una factura excelente y en el que Hampton y los veteranos de primer nivel Clark Terry y Ben Webster me arrastran a un swing como pocas veces me veo arrastrado. Hank Jones también está fenomenal en el disco. Sus interpretaciones son extraordinarias y, en conjunto, se percibe en ellas un entusiasmo inusitado. Llega a resultar sorprendente la completa ausencia de cualquier leve indicio de pesimismo en sus compases. Últimamente apenas me encuentro con discos que ejemplifiquen mejor que este la idea de un grupo de amigos que se juntan y se la pasan bien tocando música. Qué más se puede pedir.

Lionel Hampton (1908-2002)

Nace en el estado de Kentucky. Introduce el vibráfono como instrumento solista de jazz. Después de pasar por varias orquestas se une al cuarteto de Benny Goodman en 1936 y durante los siguientes cuatro años afianza su prestigio como vibrafonista, aunque también toca la batería de forma ocasional. Posteriormente, en California, consigue dar forma a su gran aspiración de crear y liderar su propia orquesta. En 1942 graba junto al saxo tenor Illinois Jacquet el tema «Flying Home», con el que alcanza un gran éxito comercial.

You Better Know It!!! (Impulse A-78)

Herbie Mann

Corre la opinión, entre los aficionados al jazz, de que Herbie Mann vivió sus años dorados en la década de 1950, que fue entonces cuando se tomaba en serio eso del jazz, y que a partir de la segunda mitad de la década de 1960 en adelante su música se volvió superficial y comercial. Yo me encuentro entre quienes no comparten esta idea. A mi modo de ver, su trabajo posterior en álbumes como *Memphis Underground,* de 1969, con el enérgico acompañamiento a la guitarra de Larry Coryell y Sonny Sharrock, es magnífico y se encuentra entre lo primero que me viene a la cabeza cuando pienso en Herbie Mann.

Comparada con otros instrumentos de viento metal, la flauta travesera posee un rango limitado de octavas, y en las sesiones de improvisación suele verse un tanto acorralada por la vibrante sonoridad de los otros instrumentos. Digamos que la flauta es un instrumento discreto que requiere del intérprete de jazz algún tipo de estratagema para hacerse notar. El que Herbie Mann lograra el éxito comercial en el mundo del jazz como solista de flauta travesera es mérito suficiente para quitarse el sombrero ante él.

Fue un músico atrevido que abarcó desde la música africana hasta la música palaciega japonesa, pasando por la música latinoamericana y la *bossa nova* a partir de los años sesenta, logrando un gran éxito con el tema «Comin' Home Baby», hasta recalar en el rock electrónico de *Memphis Underground.* Su periplo musical seguía los caminos más diversos y era una exploración constante. Sin embargo, no es que un día se detuviese y se dijera: «Bien, ahora voy a hacer algo que será un éxito de ventas», y en solo medio mes nos sorprendiera con una obra que se vendiese como pan caliente. Por otro lado, si no hubiese sido por

M. Wada 2000

sus logros comerciales, es posible que la flauta travesera hubiera caído en el olvido del jazz, como le ocurrió al clarinete; pero gracias al trabajo de Mann, muchos músicos jóvenes se vieron atraídos por la flauta travesera y sus carreras musicales permitieron que la flauta permaneciera en la escena jazzística durante más tiempo del que habría permanecido de no ser por él. Yo mismo llegué a comprarme una flauta travesera y recibí clases, aunque... no avancé mucho.

Otro disco que me encanta de Herbie Mann, aparte de *Memphis Underground,* es *Windows Opened,* un elepé que reúne a Roy Ayers al vibráfono, Miroslav Vitous al bajo, Sonny Sharrock a la guitarra y Bruno Carr a la batería, básicamente el dinámico grupo de músicos que lo acompañaba de manera habitual en aquella época. Unos jóvenes extrovertidos y llenos de energía que dan la sensación, cuando se los escucha mientras tocan, de que se la están pasando bien. Si bien podría argüirse que Mann no fue un músico particularmente original en cuanto a estilo, sí lo fue para saber de qué músicos debía rodearse.

Windows Opened consiste en una selección de exitosos temas de los años sesenta (escritos por artistas como Wayne Shorter y Charles Tolliver), versionados con un aire muy diferente al original y muy agradables de escuchar. En especial, la interpretación de Miroslav Vitous al contrabajo, llena de fuerza y frescura, y que escuchada hoy en día me recuerda que lo de menos es si nos hallamos ante un disco de jazz *serio* o de jazz comercial. Si disfrutamos con él, ¿qué más da?

HERBIE MANN (1930-2003)

Nace en Brooklyn. A principios de la década de 1950 se une a la banda del acordeonista Matt Matthews, primero como saxo tenor y después, con el propósito de alcanzar un equilibrio tímbrico más adecuado para la banda, a la flauta travesera. En 1959 forma el Afro-Jazz Sextet y realiza una gira por África. En 1961, tras un viaje a Brasil, adopta rápidamente la *bossa nova,* un estilo en pleno auge, y continúa dedicándose a géneros musicales que traspasan las fronteras del jazz. En 1962 obtiene un gran éxito con su tema «Comin' Home Baby».

Windows Opened (Atlantic SD-1507)

Hoagy Carmichael

A mí desde siempre me han gustado los cantautores y he disfrutado escuchando a Matt Dennis, Bobby Thorp, Johnny Mars o Hoagy Carmichael. Aunque ninguno de ellos destacaba por tener una voz particularmente hermosa ni una técnica depurada, todos poseían la cualidad de sorprenderte en algún momento. El secreto tal vez residiese, sobre todo, en la espontaneidad y naturalidad que mostraban. «No se trata tanto de una buena técnica como de ser capaz de transmitir lo que deseamos transmitir», parecían querer decirle a quien los escuchase. Sin duda, eran músicos de una gran sensibilidad. Tuve una impresión similar cuando escuché por primera vez a Bob Dylan y a Paul Simon, acompañándose de la guitarra y recurriendo a un lenguaje certero para hablar sobre la situación que en aquellos momentos vivían.

Allá por los años veinte, Carmichael estudiaba derecho en la Universidad de Indiana y tocaba en la banda de jazz de la propia universidad, hasta que un buen día conoció a Bix Beiderbecke, que en su gira pasó por el campus. A Carmichael le impactó tanto aquel encuentro que decidió abandonar los estudios y comenzar una carrera como músico profesional. La vida disoluta —o, mejor dicho, apasionada— que Bix le dio a conocer, unida a su carácter deslumbrante y a su frenético ritmo de trabajo, debió de ejercer una influencia hipnótica sobre Hoagy, un chico de buena familia y tranquila vida universitaria, desconocedor de ese mundo que vio abrirse ante sí. Supongo que sucede a menudo; aunque, por otro lado, abandonar los estudios a raíz de un encuentro fortuito con una gran figura de la música no debe de ser algo muy habitual. En cualquier caso, la impulsiva decisión de Hoagy sirvió para aportar a la

M. Wada '99

música estadounidense algunas de las canciones más emblemáticas y hermosas de su historia, como «Stardust» y «Georgia on My Mind».

Quienes lo hayan escuchado creo que estarán de acuerdo conmigo en que da la impresión de que, después de unos primeros años de éxito, Hoagy Carmichael fue apartándose de la escena profesional. Quizás los ingresos a cuenta que le llegaban con regularidad por derechos de autor le animaron a abandonar la primera línea cuando todavía era bastante joven. Lo cierto es que acabó instalándose en Hollywood para llevar una placentera y rutilante existencia como celebridad. Allí protagonizaba alguna que otra película, tocaba de vez en cuando el piano en un club de jazz o reescribía sus canciones. Era un hombre de carácter sociable y condujo su vida por derroteros muy diferentes a los de Bix Beiderbecke, lo cual, por supuesto, no le resta ningún mérito.

A principios de los años sesenta alcanzó cierta popularidad en Japón gracias a un papel que interpretó en la serie de televisión *Laramie*. Eso contribuyó a que acabara haciendo una gira por tierras niponas. Allí vio por casualidad al dúo japonés The Peanuts cantando «Stardust» en la televisión (era el tema con que siempre terminaba el programa de variedades *Shabondama Holiday*), y escuchar una de sus canciones en tierras tan lejanas le sorprendió tanto que al parecer corrió al estudio de televisión para conocer al dúo en persona.

De entre la infinidad de canciones compuestas por Hoagy Carmichael, me quedo con «Memphis in June», del disco *V-Disc Cats Party*. Acompañado solo por el piano, tocado por él —como ya había hecho en «Stardust»—, Carmichael entona el tema con gran sensibilidad —a veces silbando—, y saca a relucir toda su personalidad. Es, sin duda, una canción que nada tiene que envidiarle a «Stardust».

HOAGY CARMICHAEL (1899-1981)

Nace en el estado de Indiana. Durante la década de 1920 trabaja con músicos de la talla de Louis Armstrong, Bix Beiderbecke o Tommy Dorsey. En 1930 lidera su propia banda y participa en la grabación de un disco con grandes estrellas para la RCA. Hacia la mitad de la década de 1930, su prolija actividad como autor de canciones y sus numerosas apariciones en cine y televisión hicieron de él toda una celebridad. «Stardust», el más popular de sus temas, se convirtió en un hito de la canción a nivel internacional. En 1961 escribió la música para la película *Hatari!*

V-Disc Cats Party / Volume One Featuring Hoagy Carmichael etc. (Elec KV-115)

Tony Bennett

Durante algún tiempo, cantantes como Bobby Darin, Perry Como, Buddy Greco, Vic Damone o Johnny Mathis rivalizaron por convertirse en el nuevo Frank Sinatra. Pese a su calidad indiscutible, ninguno alcanzó el nivel de este, ya fuera por falta de carisma o de presencia escénica, o simplemente por no haber logrado ningún éxito a gran escala. Por su parte, Tony Bennett, cual pequeña embarcación que no se deja tragar por las olas, se mantuvo a flote a lo largo de los años y al final solo quedó él. Su estilo era muy diferente al de Sinatra, de eso no cabe duda, pero no hubo nadie, aparte de Bennett, que pudiera rivalizar con él ni que llegara a alcanzar niveles de popularidad tan altos. Sin embargo, el apelativo de «sucesor de Sinatra» con que a veces se lo conocía carecía de verdadero sentido por dos razones: una, porque Sinatra gozó de una vida artística longeva y activa hasta el final; y dos, porque después de su fallecimiento ya se había apagado, por parte del público, aquella sed de un nuevo Sinatra. Aun así, creo que no me equivoco al afirmar que Tony Bennett ha sido el último gran cantante de la escuela tradicional de música ligera, cuyo representante inexpugnable fue Frank Sinatra.

Desde sus comienzos, Bennett había bebido del jazz y, a diferencia de Sinatra, que solo trabajó con grandes orquestas, Bennett se decantaba por las pequeñas agrupaciones de músicos, a las que solía unirse por un tiempo no demasiado prolongado, a excepción de la larga colaboración que desde 1957 —salvo una breve interrupción— lo unió al inglés Ralph Sharon, pianista de estilo elegante y refinado, que además trabajó como arreglista de sus canciones. Naturalmente, también se rodeó de muchos otros músicos excelentes y grabó una buena cantidad de álbumes de agradable sonoridad y aroma a jazz. Si

M. Wada 97

bien Sinatra fue el niño mimado de la época dorada de las *big bands,* Bennett se movió por los terrenos más modestos del bebop, en la era de las pequeñas agrupaciones.

No obstante, si me preguntaran cuál de los dos, Sinatra o Bennett, se acerca más al espíritu del jazz, probablemente señalaría a Sinatra. La razón es que en el estilo Bennett, por mucho que uno los busque, no encuentra indicios de locura, de contradicción íntima, ni de frustración ni malicia, decepción o desaliento. Su voz es maravillosa, pero el volumen resulta demasiado alto y el fraseo demasiado claro; canta, en definitiva, con toda la sinceridad posible, volcando toda su emoción en la interpretación, quizás en exceso. «¿Qué hay de malo en ello?», me preguntarán algunos. Nada, por supuesto. Para empezar, la mayor parte del público no se pregunta si este o aquel cantante es más de jazz o menos de jazz.

Quienes llegaron a escuchar a Tony Bennett cantar en directo se deshacen en elogios; tanto en lo personal como en lo profesional —voz, presencia escénica—, solo tienen buenas palabras para él. Esa es la cuestión. Su particular y natural talento transportaba al público a un lugar adonde solo él sabía llevarlo; con la calidez de su voz, abrigaba sus esperanzas e ilusiones, como solo él sabía hacerlo. Cualquier cantante con capacidad para lograr semejante efecto en quien lo escuche posee un talento verdaderamente prodigioso. Pero hay algo en el talante desenfadado de Sinatra que a mí, en particular, me atrae con más fuerza. Es una cuestión de gustos, no un problema de Tony Bennett.

Todas estas razones me llevan a seleccionar un disco del trío de Ralph Sharon, en el que Bennett era vocalista habitual. La atmósfera que se respira a lo largo de todos los cortes es de lo más relajada, y a pesar de que Bennett no canta en el disco, su presencia se siente en cada compás; nos lo imaginamos tomándose un descanso y dando paso a Sharon al piano tras dejar su micrófono en el soporte y abandonar momentáneamente el escenario. Como no podía ser de otra manera, uno de los temas incluidos en el elepé es «I Left My Heart in San Francisco».

Tony Bennett (1926-2023)

Nace en Queens, Nueva York. Pertenece a la misma generación que Frank Sinatra. Aspira a trabajar como publicista, pero la aceptación que se gana como cantante en el ejército, durante la Segunda Guerra Mundial, le lleva a encaminar su carrera profesional hacia el mundo de la canción. Con el respaldo de Bob Hope realiza una extensa gira y firma un contrato con la CBS. En 1951 alcanza un sonoro éxito con «Because of You», y en 1962 consolida su fama con «I Left My Heart in San Francisco». Se hace acompañar por músicos de la categoría de Bill Evans o Count Basie, entre otros.

The Ralph Sharon Trio. The Tony Bennett Song Book (Columbia CL-2413)

Eddie Condon

Uno de los personajes más excéntricos de la historia del jazz fue Eddie Condon. Su afición a la bebida no le impedía encontrarse en excelente forma física, comportarse de manera sumamente correcta y mantener un carácter imperturbable, además de un ácido sentido del humor. Indiferente a los distintos estilos musicales que se sucedieron en la escena del jazz después de la Segunda Guerra Mundial, adoptó un extraño instrumento: una guitarra de cuatro cuerdas inédita por completo, pero con la que nunca tocó un solo. También regentó su propio club de jazz, donde permaneció hasta su muerte, tocando más o menos el mismo género musical: el dixieland.

Desconozco cuántos fans de Eddie Condon quedan hoy en día, pero tengo la impresión de que no deben de ser demasiados. Dudo que haya muchas personas capaces de reconocer alguna de sus interpretaciones con los ojos cerrados. Por lo visto, sus actuaciones estaban más dirigidas a los propios músicos que al público y debía de haber en ellas una profunda esencia jazzística, un ritmo vehemente. Trataba de mimetizarse con la escenografía para no llamar la atención, y por mucho que uno aguzara el oído, no lograba entender qué estaba tocando exactamente a la guitarra.

De entre sus discos, mi favorito es *Bixieland*. En este, Eddie Condon interpreta los temas más conocidos de Bix Beiderbecke y extrae de ellos unas versiones magníficas, además de escribir unas notas de lo más divertido en la cubierta. Valga como ejemplo el comentario que hace sobre Bud Freeman, que fue incluido en la lista de los miembros de la banda. De él dice que toca el *absoluto silencio* porque: «En realidad, no estuvo presente durante la grabación. Había sido expulsado y conducido

M. Wada 2000

a otro club de jazz esa noche. De ahí que encontrar su nombre impreso en la cubierta del disco fuera una agradable sorpresa, sobre todo para el propio Bud».

Eddie explica también la presencia en el estudio del reverendo Chivas Regal: «Él nos procuró un ambiente de intimidad y fue bienvenido por todos. Como no pudo ser de otro modo, tocamos mientras bebíamos whisky escocés juntos».

Para la grabación, Eddie Condon se rodeó de músicos experimentados y con los que mantenía una buena relación, y supo dirigir perfectamente la sesión. Todos los músicos supieron insuflar a sus interpretaciones un absoluto respeto y amor por la música de Bix Beiderbecke, de manera que escuchar *Bixieland* se convierte en una experiencia íntima, cálida y dulce.

Es probable que los aficionados al jazz que se tomen demasiado en serio la música de Bix no entiendan este álbum, porque en él no encontrarán ese aire tenso e impaciente característico de Bix. Tal vez digan que hay demasiado buen humor en él. Condon también lo admitió hasta cierto punto cuando dijo: «No teníamos intención de imitar a Bix». El propósito de la banda fue recuperar la memoria de Bix y, de paso, disfrutar tocando sus temas.

«Por tanto, no debo disculparme con nadie por nuestra música ni por la presencia del reverendo Chivas Regal.» También nosotros deberíamos regocijarnos con la música de este álbum, sin necesidad de entrar en discusiones técnicas, pero sí, quizás, con la compañía del reverendo Chivas Regal.

EDDIE CONDON (1905-1973)

Nace en Indiana. Debuta en la escena profesional a los diecisiete años como músico de banjo y en la década de 1920 se traslada a Chicago, donde actúa liderando a jóvenes músicos y contribuyendo al desarrollo del estilo Chicago. En 1928 se instala en Nueva York, donde se pasa a la guitarra y a la composición, y obtiene excelentes resultados como promotor de conciertos para la radio. Desde 1945 regenta su propio club de jazz y tiene tanto éxito que años más tarde dirige su propio programa de televisión.

Bixieland (Columbia CJ 719)

Jackie y Roy

El dúo vocal formado por Jackie Cain y Roy Kral nos regaló talento y belleza a partes iguales en un magistral e incomparable repertorio de canciones de indudables esencias urbanas, desarrollado en un jazz directo y transparente, elegante y refinado. Los incondicionales del jazz no hallarán en su música la aspereza ni el desconsuelo ni el aroma acre y blues de la música negra. Encontrarán, sin embargo, un manantial de originalidad y frescura vital del que querrán beber a manos llenas.

Me gustan mucho las armonías vocales en la música jazz y, por tanto, no es de extrañar que tenga casi todos los discos de Jackie y Roy. Disfruto escuchando cualquiera de ellos. Nada puede reprochársele a la pareja en cuanto a talento y técnica vocal (la voz de Jackie, en particular, destaca por su espontaneidad y belleza). Además, Roy Kral supo adaptar sus ingeniosos arreglos al servicio y lucimiento de las voces. Por eso sigo escuchando sus discos sin que con el paso del tiempo me haya cansado de ellos o me hayan decepcionado. Me encantan tanto sus años de bebop en la orquesta de Charlie Ventura, repletos de juvenil inocencia —allá por la segunda mitad de la década de 1940—, como sus discos de marcada estilización para la discográfica Columbia; pero si tuviera que decantarme por alguno de sus álbumes, escogería dos de los grabados a mediados de los años cincuenta, para la discográfica Storyville. Se habían casado, dejado atrás la orquesta de Charlie Ventura y habían formado un dúo vocal, y todo ello, toda esa entusiasta actividad, se refleja en esos discos, donde la inocencia y la emoción no están reñidas con la calidad y la madurez musicales.

Los ocho temas contenidos en el elepé de diez pulgadas *Storyville Presents Jackie and Roy* cuentan con el acompañamiento

M. Wada 2000

de Bill Crow al contrabajo y Joe Morello a la batería, ambos miembros estables del trío de Marian McPartland, que en 1955 actuaba cada noche en el Hickory House de Nueva York. Roy Kral los había escuchado tocar en directo y, enamorado de su música, hizo lo posible por contar con ellos en la grabación del disco. El piano corrió a cargo del propio Roy Kral y la guitarra a cargo del siempre fabuloso Barry Galbraith, que dejó constancia de su toque artesanal y equilibrado. No hubo instrumentos de viento metal, bastó con la sección rítmica. Pero esta se acopló de manera magistral al dúo solista, como si todos llevaran mucho tiempo tocando juntos. Destaca el brillante trabajo de Morello con las escobillas, que podemos escuchar como base de las evoluciones vocales, nítidas, alegres, de Jackie y de Roy en los temas «Thou Swell» y «Season in the Sun», y que hacen que uno se sienta como sumido en la paz de una brisa campestre. La calidad técnica de Morello alcanza su cénit en «Hook, Line and Snare» —compuesta por Kral—, donde asume el protagonismo con un prolongado solo de batería, secundado por un brillante acompañamiento vocal por parte de Jackie y Roy, mediante la técnica del scat.

Cada vez que escucho *Storyville Presents Jackie and Roy* vuelvo a sentir admiración por el alto nivel de una música que, con tanta naturalidad y sin aparente esfuerzo, nace en Estados Unidos (¿o debo circunscribir mi admiración exclusivamente a Nueva York?).

Jackie y Roy

Jackie Cain (1928-2014) nace en Milwaukee, en el estado de Wisconsin. Roy Kral (1921-2002) nace en Cicero, estado de Illinois. Se conocen en la ciudad de Chicago en 1946 y entran a formar parte de la orquesta de Charlie Ventura, donde enseguida llaman la atención por su canto jovial y en perfecta armonía. En 1948 contraen matrimonio, y un año después forman el dúo vocal Jackie y Roy. Entre sus grandes éxitos destacan *Jackie & Roy* y *The Glory of Love*.

Storyville Presents Jackie & Roy (Storyville LP 322 10 inch)

Art Pepper

Sobre el saxo alto diría que se cierne cierta sombra de frustración, como una especie de desajuste entre lo que debería ser y lo que realmente es. Tengo la impresión de que la causa se halla en el propio diseño del instrumento (aunque hablo desde la pura elucubración, porque no sé tocarlo), pues parece que no es lo bastante compacto para dar cabida y transmitir toda la información musical que va saliendo de la cabeza del intérprete y que tal exceso se desborda y cae por los bordes del instrumento.

Fruto de un anhelo incumplido, esa frustración se convierte a menudo en irritación. Y a veces conviven ambas: irritación y frustración. Curiosamente, no encuentro esos arranques de rabia en el saxo tenor. Para bien o para mal, el tenor, en comparación con el alto, se desenvuelve con mayor madurez y templanza, diría que con completa autosuficiencia.

Al pensar en ese estilo frenético y apresurado que asociamos al saxo alto, sin duda nos viene a la mente la imagen de Art Pepper. Esgrime con urgencia su saxo como si de una espada se tratara y, al mismo tiempo, dibuja los contornos de un paisaje celestial. Nadie ha encarnado como él dicha anomalía. Si comparase a Charlie Parker con un ángel de alas milagrosas, Art Pepper sería un ángel con una sola ala deforme. Demostraría un gran dominio en el batir del ala y sabría cuál es su destino, pero ese aleteo no lo llevaría hasta allí.

Aunque nunca he escuchado a Art Pepper en directo, encuentro en todos sus numerosos álbumes una exasperación que llega a resultar contraproducente. «¿Escuchan esto que estoy tocando?», parece preguntarnos. «Pues, en realidad, quería tocar otra cosa», se responde a sí mismo. Hay tal grado de tensión en sus actuaciones que, incluso en las mejores, parece que

M. Wada 2003

vaya a arrojar su instrumento contra la pared al terminar cada solo, y pese a lo mucho que me gusta Art Pepper, no creo recordar ninguna grabación suya en la que dé la impresión de estar entregándose felizmente a la música. Ángel celestial y ángel caído, Pepper creó su música a fuerza de flagelarse y encontró en el saxo alto su mejor aliado.

En la difícil tesitura de seleccionar una entre todas las piezas que nos legó, creo que escogería «Straight Life», incluida en el álbum *Art Pepper Meets the Rhythm Section.* En esta pieza lo acompaña la sección rítmica de Miles Davis y toca con verdadera pasión sobre la progresión de acordes de «After You've Gone». Da la impresión de estar poniendo todas sus energías en los apenas tres minutos y cincuenta y ocho segundos que dura el tema. Parece gritar: «¡No es suficiente, no es suficiente!».

Art Pepper (1925-1982)

Nace en California. Ha llegado a ser considerado el mejor saxofonista alto de la Costa Oeste estadounidense. En 1943 se une a la orquesta de Stan Kenton, y en 1952 inicia su carrera en solitario. Su disco *Surf Ride,* de 1956, con sus fantásticos solos de saxo, es un excelente reflejo de la vibrante atmósfera de aquella época. A causa de su adicción a la heroína, Pepper interrumpe su actividad profesional en numerosas ocasiones, hasta que por fin es tratado de su drogadicción en un centro especializado y, por fortuna, resurge en la década de 1970. Sus actuaciones de mediados de los años cincuenta —considerada su mejor época— suponen un interesante contraste respecto a las de los últimos años de su carrera, llenas de una profunda sensibilidad. También lleva a cabo varias giras por Japón.

Art Pepper Meets the Rhythm Section (Contemporary C-3532)

Frank Sinatra

Hubo una época en que las estrellas de la canción estadounidense surgían, casi sin excepción, de las *big bands*. Jimmy Rushing y Billie Holiday nacieron de la orquesta de Count Basie; Peggy Lee, de la de Benny Goodman; June Christy, de la de Stan Kenton, y Frank Sinatra de la de Tommy Dorsey. Sin embargo, la popularidad de este tipo de orquesta empezó a decaer tras la Segunda Guerra Mundial y eso empujó a los cantantes a iniciar carreras en solitario, acompañados en la mayoría de los casos por pequeñas bandas de músicos que implicaban menos gastos.

La función primordial de las *big bands* en su época de gran esplendor era tocar en grandes salas para acompañar el baile en pareja de un número considerable de personas, y los cantantes eran un elemento más de esa música de baile. Al fin y al cabo, era una música creada con dicho fin: el de hacer bailar. Al independizarse de las *big bands,* los cantantes fueron dejando atrás aquella función festiva para concentrarse más en las capacidades propiamente artísticas y expresivas de la voz. Por su parte, el público, familiarizado ya con el bebop, dio la bienvenida a ese nuevo estilo de canción que no animaba especialmente a *mover el esqueleto*. El jazz abandonó su propósito de atraer a las masas y se convirtió en una música de inclinaciones artísticas, minoritaria e intelectual.

Sin embargo, Frank Sinatra, después de finalizada su etapa en la *big band,* no se adhirió a ese viraje del jazz hacia el bebop y el gusto intelectual. Siguió su propio camino y continuó haciendo bailar al mundo entero. No llegó a renunciar a las *big bands,* y cantó con algunas de las mejores, como las de Nelson Riddle y Billy May, derrochando generosidad y distinción, a menudo

M. Wada 97

en grandes salas de concierto y en teatros restaurante de Las Vegas. No me viene a la cabeza ningún otro cantante con semejante convicción y seguridad en sí mismo. Obviamente, su condición de estrella le proporcionó muchos de sus caprichos, pero una carrera como la suya solo es posible si se tiene una convicción de acero, y eso, en mi opinión, merece todo mi respeto y mi aplauso.

Sin duda, sus discos más representativos son los que grabó para Capitol Records. Todo, absolutamente todo: un estilo vocal conciso, unos arreglos que valían su peso en oro, un saber estar inmaculado..., rezumaba una profesionalidad aplastante, sin necesidad de que su protagonista, Frank Sinatra, derramara una sola gota de sudor. Eso era parte de su arte. Sinatra llevaba el talento en los bolsillos, como si tal cosa.

De entre sus muchísimos discos, mi favorito es *Swing Easy and Songs for Young Lovers*, un elepé en el que el swing aflora en los temas de la cara A, mientras que en los de la B lo hace la serenidad de la balada. Por eso prefiero escucharlos en vinilo, en el tocadiscos, y no en formato cedé. La exquisitez y el sentimiento de las baladas de la cara B no tienen parangón. Uno queda prendado de inmediato y no puede más que quitarse el sombrero ante ellas. Cada canción es una breve novela en sí misma.

Frank Sinatra (1915-1998)

Nace en el estado de Nueva Jersey, hijo de inmigrantes italianos. Decide dedicarse a la canción después de escuchar a Bing Crosby. Debuta profesionalmente en 1935. Después de pasar por las orquestas de Harry James y Tommy Dorsey inicia su carrera en solitario en 1942. Su voz melosa y su capacidad expresiva le hacen merecedor de una popularidad inigualable. Su tema de 1953 «South of the Border» vende un millón de copias, y al año siguiente recibe un Oscar de la Academia al mejor actor secundario por su papel en *De aquí a la eternidad.* En 1961 funda la discográfica Reprise.

Swing Easy and Songs for Young Lovers (Capitol W-587)

Gil Evans

En la música de Gil Evans hay una esencia cristalina que me recuerda la luz de los países nórdicos y me lleva a preguntarme si eso tiene algo que ver con el hecho de haber nacido en Canadá o si es solo una cuestión de carácter. Quizás lo último, teniendo en cuenta que Oscar Peterson también era canadiense. En cualquier caso, Gil Evans fue durante toda su vida un cuidadoso estilista de la música, un individuo libre dentro de la escena del jazz, que no hizo concesiones de ningún tipo. Uno no se cansa nunca de su música. Por mucho que la escuche siempre me da la sensación de que descubro en ella algo nuevo de lo que gozar. Desconozco los pormenores de la técnica del arreglo musical, pero estoy seguro de que la minuciosidad con la que trabajaba Evans debía de llevarle una gran cantidad de tiempo y de esfuerzo, lo cual explica que no fuera especialmente prolijo.

Entre 1941 y 1948 trabajó como arreglista de la *big band* de Claude Thornhill (una de mis *big bands* favoritas, por cierto), elaborando arreglos de un estilo muy original para la época; arreglos que todavía hoy en día mantienen intacto su aire novedoso. Después conoció a Miles Davis y arregló para él los temas «Moon Dreams» y «Boplicity», incluidos en su álbum *Birth of Cool.* Pero su nombre comenzó a hacerse familiar entre los entusiastas del jazz cuando Miles firmó un contrato exclusivo con la discográfica Columbia e invitó a Evans a trabajar como arreglista de todos los temas en varios de sus siguientes álbumes. Y de esa colaboración surgieron discos como *Sketches of Spain* y *Porgy and Bess,* cuya asombrosa atmósfera sonora, densa y llena de tensión, redefinió para siempre el sonido del jazz, con la trompeta de Miles aguijoneando y rasgando de lado a

M. Wada 2003

lado el muro de sonido levantado por Evans, mientras este se mantiene firme e impávido. Me parece algo tan magnífico, tan extraordinario, que se me escapa un suspiro cada vez que escucho la música de cualquiera de ambos álbumes. La batalla entre el ego de Davis y el férreo individualismo de Evans alcanza su máximo, pero más hermoso y apasionado, grado de expresión.

Gil Evans firmó muchos discos excelentes, pero, curiosamente, el que primero me viene a la cabeza es *Dream of You,* que grabó junto a Helen Merrill en 1956, cuando todavía no era demasiado conocido, un año antes de que Miles Davis lo llamara a Columbia para grabar *Miles Ahead* con él. Lo que me gusta de *Dream of You* es el sonido que hereda de Claude Thornhill, cálido y refinado a la par que desinhibido, tan exquisito que a mí se me pone la piel de gallina de la emoción (no sé si a los demás les pasa lo mismo). He escuchado tanto *Dream of You* durante los últimos treinta años que el vinilo ha quedado prácticamente inservible, y aun así insisto en seguir escuchándolo en el tocadiscos. Mi tema favorito no podría ser sino «Where Flamingos Fly».

Gil Evans (1912-1988)

Nace en Toronto. En 1927 queda prendado de la música jazz al escuchar a Louis Armstrong y a Duke Ellington. A partir de 1941 trabaja como arreglista en la orquesta de Claude Thornhill. Miles Davis repara en su talento y lo llama para trabajar en los arreglos del álbum *Birth of the Cool.* La colaboración se prolongaría a lo largo de numerosos discos de jazz modal. Gil también extendió su actividad al free jazz y al rock, situándose así en un lugar único dentro de la escena del jazz.

Helen Merrill with Gil Evans Orchestra. Dream of You
(Mercury/Nihonvictor SMX-7101)

Epílogo

Desde que el jazz me sedujo y entró en mi vida no ha dejado de ser una parte sustancial de ella. La música, en términos generales, siempre ha sido importante para mí, pero el jazz, en particular, ocupa un lugar especial. Además, durante un tiempo, mi trabajo estuvo estrechamente relacionado con él.

Quizás precisamente por eso no me resulta fácil escribir sobre jazz. Se trata de algo demasiado íntimo y no sé qué debo decir ni cuánto alargarme: aunque, a pesar de todo, acabo animándome a hacerlo.

Gracias a las magistrales ilustraciones de Makoto Wada he conseguido el estímulo que me hacía falta para evocar una vez más las melodías y la sonoridad que asocio a cada músico retratado, y poder escribir sobre ellos y su música. No solo he disfrutado de la tarea, sino que además creo que el método de trabajo —primero la ilustración y luego el texto a partir de aquella— ha terminado dando muy buenos frutos.

Me ha interesado en especial la selección de músicos por parte de Wada, porque intuyo que solo quien ama verdaderamente el jazz es capaz de hacerla, y en este sentido he de añadir que coincido ampliamente con él. Hay algunos, como Keith Jarrett o John Coltrane, que están ausentes, pero..., créanme, eso dice mucho a favor de este libro. A cambio, sí que están Bix o Teagarden.

Con ocasión de la presente edición en tapa blanda, hemos

añadido a Art Pepper, Frank Sinatra y Gil Evans, a modo de *bonus track,* por así decirlo. Espero que lo disfruten.

HARUKI MURAKAMI

En 1992 pinté el retrato de algunos músicos de jazz para una exposición individual titulada, precisamente, «Jazz». Unos años más tarde, en 1997, hice lo mismo con otros veinte cantantes para otra exposición bajo el nombre de «Sing». Después llegó «Jazz 2», en 1999, con otros veinte músicos de jazz.

La selección de personajes dependió enteramente de mí. Lo hice, en primer lugar, dejándome guiar por mi propio criterio musical, que me gustara cómo tocaba, o cómo cantaba, un músico; y en segundo lugar, por las posibilidades plásticas que consideré que ofrecían algunos de ellos, y que me resultase interesante y placentero pintarlos. Seleccioné a los músicos que aunaban ambos criterios.

Trabajar con Murakami para la edición de este libro me ha procurado mucha felicidad. No conozco a nadie más que, sin ser un crítico musical, exprese mejor su pasión por el jazz y describa de forma más acertada la fuerza de este tipo de música. Yo, desde luego, no puedo. Pero reconozco enseguida, al leer los textos que nos ha brindado Murakami para este libro, lo que yo mismo he sentido al escuchar a cada uno de los músicos representados.

Por lo que he podido saber, antes de ponerse a escribir sobre los músicos, Murakami escuchaba varios de sus discos. Mi proceso de trabajo fue similar: también yo escuchaba algunos de los discos del personaje que me disponía a pintar, antes de hacerlo. Las referencias fotográficas no bastan. No basta con que el rostro en el dibujo se parezca al original. Se requiere algo más. Y para eso sirve la música. Dicho sea de paso, yo también, al igual que Murakami, solo escucho jazz en mis viejos elepés de vinilo.

En cuanto a los tres músicos añadidos como *bonus track*, el retrato de Frank Sinatra ya había formado parte de mi exposición «Sing», mientras que los de Art Pepper y Gil Evans los realicé especialmente para este libro.

MAKOTO WADA

La banda sonora de este libro

Chet Baker: *Chet Baker Quartet* (Pacific Jazz PJLP-3)
Benny Goodman: *Benny Goodman presents Eddie Sauter Arrangements* (Columbia CL-523)
Charlie Parker: *Bird and Diz* (Verse MGV-8006)
Fats Waller: *Herb Geller Fire in the West* (Jubilee JGM-1044)
Art Blakey: *Les Liaisons Dangereuses* (Epic LA-16022)
Stan Getz: *At Storyville Vol. I* (Roost LP-2209)
Billie Holiday: *The Golden Years* (Columbia C3L21)
Cab Calloway: *Chu Berry and His Stompy Stevedores with the Cab Calloway Orchestra. «CHU»* (Cbs/Sony SOPL-123)
Charles Mingus: *Pithecanthropus Erectus* (Atlantic 1237)
Jack Teagarden: *Bobby Hackett and His Jazz Band. Coast Concert* (Capitol T-692)
Bill Evans: *Waltz for Debby* (Riverside RS-9399)
Bix Beiderbecke: *Bix Beiderbecke 1927-1929* (Cbs/Sony 20ap-I804)
Julian Cannonball Adderley: *Cannonball Adderley Live!* (Capitol ST-2399)
Duke Ellington: *In a Mellotone* (Rca LPM-1364)
Ella Fitzgerald: *Ella and Louis Again Vol. 2* (Verve MGV-4018)
Miles Davis: *«Four» & More* (Columbia CL-2453)
Charlie Christian: *Charlie Christian Memorial Album* (Cbs/Sony 56AP-674-6)
Eric Dolphy: *Out there* (Prestige / New Jazz 8252)
Count Basie: *Basie in London* (Verve MGV-8199)
Gerry Mulligan: *What is there to say?* (Columbia CL-1307)
Nat King Cole: *After Midnight* (Capitol W-782)

Dizzy Gillespie: *At Newport* (Verve MGV-8242)
Dexter Gordon: *Homecoming* (Columbia PG)
Louis Armstrong: *A Portrait of Louis Armstrong 1928* (Cbs/Sony 20AP-1466)
Thelonious Monk: *5 By Monk By 5* (Riverside RLP-1150)
Lester Young: *Pres and Teddy* (Verve MV-2507)
Sonny Rollins: *The Bridge* (Rca Victor LPM-2527)
Horace Silver: *Song for My Father* (Blue Note BST-84185)
Anita O'Day: *Anita O'Day at Mister Kelly's* (Verve MGB-2113)
The Modern Jazz Quartet: *Concorde* (Prestige 7005)
Teddy Wilson: *Mr Wilson. The Fabulous Teddy Wilson at the Piano* (Columbia CL-748)
Glenn Miller: *Music Made Famous by Glenn Miller. Silver Jubilee Album* (Warner Bros. WS1468)
Wes Montgomery: *Full House* (Riverside RLP12-434)
Clifford Brown: *Study in Brown* (EMArcy MG-36037)
Ray Brown: *Barney Kessel with Shelly Manne and Ray Brown. The Poll Winners* (Contemporary C-3535)
Mel Tormé: *¡Olé Tormé! Mel Tormé Goes South of the Border with Billy May* (Verve MGV-2117)
Shelly Manne: *Shelly Manne & His Men. At the Black Hawk Vol. 1* (Contemporary M3577)
June Christy: *Duet* (Capitol T656)
Django Reinhardt: *Djangology* (Rca RGP-1186)
Oscar Peterson: *Norman Granz Jazz at the Philharmonic Vol. 16* (Clef MG-Vol. 16)
Ornette Coleman: *Town Hall, 1962* (Esp-Disk 1006)
Lee Morgan: *The Sidewinder* (Blue Note BST-84157)
Jimmy Rushing: *Little Jimmy Rushing and the Big Brass* (Columbia CS-8060)
Bobby Timmons: *Art Blakey and the Jazz Messengers. A Night in Tunisia* (Blue Note BST-84049)
Gene Krupa: *Gene Krupa Plays Gerry Mulligan Arrangements* (Verve MGV-8292)
Herbie Hancock: *Maiden Voyage* (Blu Note BST-84195)
Lionel Hampton: *You Better Know It!!!* (Impulse A-78)
Herbie Mann: *Windows Opened* (Atlantic SD-1507)

Hoagy Carmichael: *V-Disc Cats Party / Volume One Featuring Hoagy Carmichael etc.* (Elec KV-115)

Tony Bennett: *The Ralph Sharon Trio. The Tony Bennett Song Book* (Columbia CL-2413)

Eddie Condon: *Bixieland* (Columbia CJ 719)

Jackie y Roy: *Storyville Presents Jackie & Roy* (Storyville LP 322 10 inch)

Art Pepper: *Art Pepper Meets the Rhythm Section* (Contemporary C-3532)

Frank Sinatra: *Swing Easy and Songs for Young Lovers* (Capitol W-587)

Gil Evans: *Helen Merrill with Gil Evans Orchestra. Dream of You* (Mercury/Nihonvictor SMX-7101)

Últimos títulos
Colección Andanzas

1066. Arde ya la yedra
Gonzalo Hidalgo Bayal

1067. El enigma de West Heart
Dann McDorman

1068. Cualquier cosa pequeña
Rafael Reig

1069. La tarde que Bobby no bajó a jugar
Mayra Montero

1070. El limo
Rosa Jiménez

1071. Las furias
John Connolly

1072. Una tienda en Chicken Hill
James McBride

1073. Nela 1979
Juan Trejo

1074. Casi perra
Leila Sucari

1075. Conquistadores
Éric Vuillard

1076. La casa limón
XX Premio TQE de Novela
Corina Oproae

1077. Ir a La Habana
Leonardo Padura

1078. El ladrón de cuadernos
Gianni Solla

1079. Esta no soy yo
Biografía de Aurora Venturini
Liliana Viola

1080. Una Navidad así
Varios Autores

1081. Animales pequeños
Mercedes Duque Espiau

1082. El borde cortante
Ginés Sánchez

1083. El dedo en la boca
y Las estatuas de agua
Fleur Jaeggy

1084. El marido de mi madrastra
Aurora Venturini

1085. Escalera interior
Almudena Grandes

1086. Buenas noches, lechuza
Jordi Ibáñez Fanés

1087. Los niños de Himmler
Caroline De Mulder

1088. Retratos de jazz
Haruki Murakami